따뜻함을 찾아서

왕은철 지음

따뜻함을
찾아서

PUNG
WOL
DANG

축복이나 은총처럼,
거리에서 우연히 들은 음악처럼

　프로이트는 인간이 태어나는 것 자체를 트라우마로 본다. 무에서 유, 비존재에서 존재가 되는 탄생의 순간을 트라우마적 사건으로 보는 것이다. 그렇게 보면 삶은 상처로 시작되어 상처와 더불어 살다가 결국 죽음이라는 큰 상처로 끝난다. 삶이 곧 상처고 상처가 곧 삶인 셈이다. 상처를 어떻게 대하느냐가 삶에서 중요한 것은 이런 이유에서인지 모른다.

　언제부턴가 '치유'라는 말과 '힐링'이라는 외래어가 남용되고 오용되면서 그것이 전제로 하는 상처의 고통과 치유의 절박함 및 어려움이 퇴색하긴 했지만, 이것만큼 중요한 개념도 없다. 우리가 살고 있는 이 시대가 사랑보다는 미움이, 용서보다는 복수가, 공감보다는 무관심이나 냉소가 기승을 부리는 시대이기에 더욱 그렇다. 나는 치유라는 말이 함의하는 고통과 절박함과 실존성을 어떻게든 내 글에서 되살리고 싶었다. 바란다고 뜻대로 되는 것은 아니겠지만 그런 방향성만은 지키고 싶었다. 그래서 다양한 스토리들에 깃든 상처의 소리에 귀 기울이면서 세상과 사물을 바라보는 나의 시각을 더하려 했다. 또한 상처를 보듬고 견딜 만한 것으로 만드는 따뜻한 소리와 이미지와 지혜를 어떻게든 캐내려고 노력했다.

치유에 대해 생각할 때 흔히 간과하는 점이 하나 있다. 치유에 관한 지나친 강박이나 기대가 치유를 방해할 수도 있다는 사실이다. 이 문제와 관련해, 신경의학자 올리버 색스의 경험은 음미할 가치가 있다. 어머니가 세상을 떠났을 때, 그는 걷잡을 수 없는 우울증에 시달리고 감정이 얼어붙었다. 어느 날 그가 뉴욕 거리를 걷고 있는데, 어느 집 지하실 창문에서 라디오 소리가 흘러나왔다. 슈베르트의 음악이었다. 그 음악이 슬며시 다가와 그의 얼어붙은 마음을 일시에 녹여버렸다. 그는 어머니가 돌아가시고 몇 주 만에 처음으로 웃었다.

그런데 며칠 뒤 바리톤 가수 디트리히 피셔디스카우의 〈겨울 나그네〉 공연을 보러 갔을 때는 아무런 감흥이 없었다. 기대와 달리 가수의 목소리는 감정이 얼어붙은 듯 활기 없게 들렸다. 다른 관객들이 넋이 빠져 듣고 있었지만, 그는 그들이 예의상 그런다고 생각했다. 그러나 다음 날 신문은 그 공연에 대한 찬사로 가득했다. 감정이 얼어붙었던 사람은 가수가 아니라 그였다. 그가 음악에 치유를 강요한 셈이었다. 그는 영국 소설가 E. M. 포스터의 말을 떠올리며 반성했다. "예술은 약이 아니다. 그것을 복용한다고 효과가 보장되는 것은 아니다. 그것이 효과를 발휘하려면 그 전에 창조적 충동 같은 신비롭고 변덕스러운 무언가가 분출되어야 한다." 억지로 들이민다고 치유되는 것이 아니라, 그것이 효과를 발휘하려면 자연스럽게 다가와야 한다는 말이다. 축복이나 은총처럼, 거리에서 우연히 들은 음악처럼.

이는 예술만이 아니라 치유를 위해 우리가 동원하는 거의 모든 것에 해당한다. 치유는 자연스럽게 다가오니 강제하지 말라는 것. 그러니 따뜻함과 인내심이 답이라는 것. 어쩌면 완전한 치유란 이상에 불과하니, 상처를 다독이며 더불어 살아가는 것이 최선일지 모른다는 것.

글이라는 것은 본질적으로 누군가의 생각과 지혜를 빌려 쓰는 일이다. 나는 다른 사람들의 생각과 지혜를 빌리려고 책과 예술, 신문과 잡지 등을 기웃거렸다. 내 글 속 인용문들은 그러한 기웃거림의 흔적이다. 그것들의 출처를 나의 게으름과 소홀함으로 인해 다 밝히지 못해 아쉽다. 결국 나의 글은 누군가의 글 위에 쓴 것이다.

이 책에 수록된 글들은 2017년부터 현재까지 동아일보에 '스토리와 치유'라는 제목의 칼럼으로 연재한 글들 중 선별한 것이다. 내가 이 글을 쓰는 동안 나의 어머니는 삶의 내리막길을 걷다가 올해 초에 세상을 떠났다. 철학자 자크 데리다는 누군가를 사랑하기 시작한 순간 애도는 이미 시작된 거라고 말했는데, 어머니가 떠난 지금에야 나는 그 말이 머금고 있는 진실을 깨닫는다. 그 철학자처럼 나도 사랑이 죽음 이후에도 계속된다고 믿는다. 이 책을 어머니(이봉주 데레사 1935~2023)에게 바친다. 엄.마.

2023년 10월

왕은철

차례

2부

타자에 대한 연민이 세상을 변화시킨다 ·· 83

3부
예술은 어떻게 우리를 치유하는가 ·· 155

4부

삶의 모순 속에도 고귀함은 존재한다 ·· 229

1부

따뜻함으로 응답하다

1부

•

"식기 전에 당근 먹어라"

2003년 12월 10일, 스웨덴 스톡홀름의 연회장에 모인 1200명의 하객이 순간 조용해졌다. 노벨 문학상 수상자인 존 쿳시의 소감을 듣기 위해서였다. 그러나 그들은 별 기대를 하지 않았다. 며칠 전만 해도 그는 단편소설을 무미건조하게 낭독하는 것으로 수상 기념 연설을 대신했다. 예전에는 부커상을 세계 최초로 두 번이나 받으면서도 시상식에 참석하지 않았다. 그만큼 내성적이고 과묵한 작가였다. 하객들이나 텔레비전 시청자들이 별 기대를 하지 않은 것은 그래서였다. 그런데 예상 밖의 일이 벌어졌다.

쿳시는 그의 어머니가 살아 있다면 자랑스럽게 생각하셨을 거라는 자신의 파트너 도로시 드라이버의 말을 인용하며, 자신이 그녀의 말에 이렇게 응수했다고 했다. "내 어머니가 살아 계시다면 아흔아홉 살일 거요. 아마 치매에 걸리셨겠지. 주변에서 무슨 일이 일어나는지도 모르셨을 거요." 물론 그도 어머니가 자신을 자랑스럽게 생각했을 거라는 말에 동의하며 이렇게 덧붙였다. "우리가 우리의 어머니를 위해서가 아니라면 누구를 위해 노벨상에 이르는 일들을 하겠습니까?" 어머니를 위해 글을 써왔다는 엄청난 발언이었다.

그러면서 그는 자신을 아이라고 가정하고 자신과 어머니 사이에 오갈 대화를 펼쳐 보였다. "엄마, 엄마, 나 상 탔어!" 그의 말에 어머니는 이렇게 대답한다. "장하다, 우리 아들. 자, 식기 전에 당근 먹어라!" 관객들이 그의 유머에 웃었다. 상을 탔다고 자랑하는 아이에게 엄마가 응수하는 모습을 상상하며 웃은 것이다. 웃음이 잦아들자 그는 이렇게 덧붙였다. "어째서 우리 어머니들은 우리가 저지른 말썽들을 만회할 수 있는 상을 타서 집으로 달려가기 전에 아흔아홉 살이 되어 무덤에 있어야 하는 걸까요?" 하객들은 이 말에 밴 그리움에 목이 메었다.

쿳시가 전하는 바람과 나무의 탄식, 풍수지탄風樹之嘆. 그의 어머니는 18년 전에 세상을 떠나고 없었다. 어머니는 아들을 기다려주지 않았다.

계모의 축복

계모는 일반적으로 사악하고 불길한 존재로 묘사된다. '계모'라는 우리말도 어쩐지 꺼림직하게 느껴진다. 영어에서 '계모의 축복stepmother's blessing'이라는 말은 손톱 주변의 살이 일어난 부분, 잘못 건드렸다가는 생손앓이를 하게 되는 손거스러미를 가리킨다. 계모에 대한 편견 때문에 생겨난 말이다. 이 세상의 계모들은 그 지독한 편견에 갇혀 산다.

그런데 닥터 수스의 동화『호튼이 알을 품다』는 그러한 편견에 맞서는 아주 드문, 정말이지 몇 안 되는 이야기 중 하나다. 호튼은 코끼리이고 메이지는 게으른 새다. 메이지는 아무것도 못 하고 알을 품고 있자니 심심해 죽을 지경이다. 그래서 지나가던 코끼리에게 자기가 팜비치로 휴가를 다녀오는 동안 알을 품어달라고 부탁한다. 코끼리는 새가 덩치 큰 자기한테 그렇게 작은 알을 품어달라고 하자 어이가 없지만 거절하지 못한다. 며칠이면 돌아온다던 메이지는 몇 주, 아니, 몇 달이 지나도 돌아오지 않는다. 그래도 호튼은 알을 품는다. 구경거리가 되어도 계속 품는다. 드디어 알이 조금씩 갈라지면서 새끼가 나오려고 한다. 그런데 나 몰라라 하며 살던 메이지가 우연히 그곳을 지나가다가 그를 알아보고 고래고래 소리를 지른다. "그건 내 알이야! 너는 나한테서 그걸 훔쳤어! 당장 내 둥지에서 내려오고 내 나무에서 꺼져." 가엾은 호튼은 슬퍼하며 나무에서 내려온다. 그 순간, 그가 지난 51주 동안 지극정성으로 품었던 알이 활짝 갈라지며 새끼가 나온다. 그런데 그 새끼는 메이지를 닮지 않고 귀와 꼬리와 코가 호튼을 닮은 코끼리 새다.

자신이 낳은 알이 아님에도 온 정성을 기울여 어미 대신 품어주자 그를 닮은 새끼가 태어났다는 이야기는 잘 들여다보면 계모에 관한 심오한 우화일 수 있다. 그것은 생모는 천사처럼 선하고 계모는 사악하다는 틀, 어쩌면 우리가 너무나 당연하게 여겨온 그 틀을 깨고 엄마보다 더 엄마 같은 새엄마가 얼마든지 있을 수 있음을 암시한다.

●

노란 고무신

　유년 시절의 경험과 추억이 삶의 소중한 씨앗이 되기도
한다. 톨스토이 문학상 수상자이며 노벨 문학상 후보로 거
론되는 한국계 러시아 작가 아나톨리 김의 경우도 그랬다.
강릉 김씨의 후손인 그는 카자흐스탄에서 태어나 유년 시
절을 보냈다. 스탈린의 강제이주 정책에 따라 소수민족들
이 내몰려 살던 카자흐스탄, 일종의 유형지였던 그곳에서
보낸 그의 유년 시절은 가난하고 고단했다.

　전쟁 직후여서 아이들은 신발을 신을 형편이 못 되었다.
날씨가 추워질 때까지 맨발로 다녀야 했다. 그러던 어느
날 아버지가 시내에 갔다가 노란색 고무신을 아나톨리에
게 사다 줬다. 황홀했다. 냄새마저 좋았다. 그런데 고무신
을 신고 나간 날 문제가 생겼다. 목이 마르자 신발을 강가
에 벗어놓고 강 깊숙이 들어가 물을 마시고는 신발을 그대
로 둔 채 집으로 돌아간 것이다. 저녁이 되어서야 그 사실
을 알고 강가로 달려갔지만 고무신은 사라지고 없었다. 근
처에 있는 목동에게 물으니 강으로 물을 길러 왔던 옹기쟁

이 노인이 가져갔을 거라고 했다.

노인은 이상한 사람이라고 알려져 있었다. 가족이 없고 사람들과 전혀 어울리지 않았으며, 주름살이 많은 얼굴은 늘 싸늘하고 악의적으로 보였다. 노인이 아나톨리의 울먹이는 소리를 듣고 밖으로 나오더니 무슨 일이냐고 물었다. 의외로 다정한 목소리였다. 노인은 고무신을 돌려준 뒤 아직도 울먹이는 아이를 달래서 집까지 바래다주고, 헤어질 때는 머리를 쓰다듬어주기까지 했다. 그는 이상한 사람이 아니라 따뜻한 동포 노인이었다.

소년은 노인의 다정한 목소리와 행동, 손길을 평생 잊지 못했다. 그것이 소년에게 한 톨의 씨앗이 되었다. "인간의 선량함에 대한 믿음"이 그의 마음에 싹트기 시작한 것은 그때부터였다. 『다람쥐』, 『아버지의 숲』, 『켄타우로스의 마을』 등과 같은 아나톨리 김의 철학적이고 환상적인 소설들에 배어 있는 인간중심주의는 그 씨앗이 맺은 열매였다. 유년 시절의 경험과 추억이 우리에게 소중한 이유다.

•

For 엄마

어머니의 마지막 모습이 딸을 놓아주지 않는다. 오십대 중반 이른 나이에 위암으로 세상을 떠난 어머니의 뿌연 혀, 자주색 욕창, 늘어진 머리, 흐릿한 눈. 좋은 기억도 많은데 안 좋은 기억만 자꾸 떠오르니 딸은 고통스럽다. 급기야 많은 돈을 들여 뉴욕에서 정신과 치료까지 받지만 소용이 없다. 어머니가 세상을 떠난 후로는 아버지마저 멀리 떠나고 없다.

아무것도, 누구도 도움이 되지 않는다. 그래서 시작한 게 요리다. 딸은 노트북 컴퓨터를 부엌에 가져다놓고 한국인 유튜버를 따라 요리를 시작한다. 재료를 손질하고 양념을 준비하고 요리를 한다. 그것이 요리와 관련된 어머니와의 좋은 추억을 소환한다. 내친김에 총각김치와 배추김치도 담가보고 싶다. 그는 한인 마트에 가서 재료를 사고 유튜브에서 보여주는 대로 김치를 담그기 시작한다. 김치는 2주간 숙성되자 환상적인 맛이 난다. 어머니가 있으면 자랑하고 싶다. 어머니는 김치를 좋아하지 않는 사람과는 사랑도 하지 말라고 했었다.

이제 그는 한 달에 한 번씩 김치를 담근다. 대부분은 그냥 먹고 때로는 찌개를 끓이거나 전을 부쳐 먹고 지인들에게 나눠준다. 그러면서 고통스러운 기억들이 물러나고 좋은 기억들이 들어서기 시작한다. 김치를 담그고 먹는 것이 정신과의사를 찾아가는 것보다 더 좋은 치유책이었던 것이다. 그는 그 경험을 『H마트에서 울다 *Crying in H Mart*』라는 제목의 감동적이고 가슴 찡한 영어 산문집으로 펴냈다. 한국인 어머니와 미국인 아버지 사이에서 태어나고, '재패니즈 브랙퍼스트'라는 이름의 인디 록 밴드를 만들어 어머니의 나라 한국에 와서 공연까지 했던 음악인 미셸 자우너. 그는 김치를 담그고 요리를 하며 고통스러운 기억을 물리치고 어머니의 죽음을 애도할 수 있었다. 여러 해가 지났지만 그는 지금도 "한인 마트에 가면 엄마가 생각나서 어김없이 운다." 그래서일까, 속표지 다음에 놓인 "For 엄마"라는 헌사가 뭉클하게 다가온다. 엄마.

●

아이의 돌멩이

젊은 엄마가 있었다. 그때만 해도 매를 아끼면 아이를 망
친다고 생각하던 때였다. 어느 날 어린 아들이 짓궂은 행동
을 하자 그 엄마는 회초리로 따끔한 맛을 보여줘야겠다고
생각했다. 처음 일이었다. 그런데 집 안에는 아이를 때릴
만한 것이 없었다. 엄마는 아이에게 밖으로 나가 막대기를
찾아오라고 시켰다. 한참 뒤 아이가 울면서 돌아왔다. "막
대기를 못 찾겠어요. 그래서 엄마가 던질 수 있게 돌멩이를
가져왔어요." 아이의 손에는 돌멩이가 들려 있었다. 그걸
보고 엄마는 아이의 생각을 읽었다. 아이는 엄마가 막대기
로 자신을 때릴 작정이라면 돌로도 그렇게 할 수 있을 거라
고 생각한 모양이었다. 얼마나 무서웠을까. 엄마는 가슴이
아파 아이를 부둥켜안고 한동안 울었다. 그후로 그 엄마는
부엌 선반에 돌멩이를 올려놓고 교훈으로 삼았다.

『내 이름은 삐삐 롱스타킹』이라는 동화로 우리에게 잘 알
려진 스웨덴 동화 작가 아스트리드 린드그렌, 그가 1978년
프랑크푸르트에서 독일도서협회가 주는 평화상을 수상하면

서 들려준 이야기다. 린드그렌은 진정한 평화를 세상 어디에
서도 찾아볼 수 없다며 인간을 폭력으로 이끄는 것이 무엇인
지 성찰할 때가 되었다고 말했다. 그러면서 아이들에게 폭력
을 행사하지 않는 것에서부터 평화를 실천하자고 했다.

그의 말에 감동을 받았는지 스웨덴은 이듬해인 1979년
에 체벌을 법적으로 금지했다. 세계 최초의 일이었다. 모든
나라가 그렇게 한 것은 아니었다. 린드그렌에게 평화상을
준 독일은 2000년 말에 가서야 체벌을 금지했다.

체벌을 없앤다고 세상의 폭력이 다 사라지는 건 아니겠
지만, 아이들을 대하는 자세로부터 비폭력이 시작될 수 있
다는 그의 말은 여전히 큰 울림을 준다. "부엌 선반에 돌멩
이 하나를 놓아두고 폭력은 결코 안 된다는 것을 우리 자신
과 아이들에게 환기하면 좋을 것 같습니다." 린드그렌은 이
렇게 제안하며 자신의 연설을 마무리했다. 아름다운 제안
이었다.

●

인형을 진찰하며

보고만 있어도 마음이 훈훈해지는 예술작품이 있다. 미국의 일러스트레이터이자 화가인 노먼 록웰이 사십대 후반인 1942년에 그린 〈의사와 인형〉이라는 그림이 그렇다. 머리가 희끗희끗한 의사가 민트색 원피스를 입은 소녀가 안고 있는 아이를 진맥하는 모습을 그린 그림.

한의원에 가면 그렇게 하듯, 의사는 아이의 손목에 네 손가락을 짚고 시계를 바라보며 맥박을 재고 있다. 더 정확히 말하면, 의사는 아이의 손목에 손가락을 짚고 있는 게 아니다. 아이는 의사의 손가락에 팔뚝이 가려질 정도로 몸집이 작다. 진맥을 하는 의사도, 그 모습을 걱정스레 응시하는 소녀도 아주 심각한 표정이다. 그런데 의사가 진찰하는 아이는 사실 노란 파자마를 입은 인형이다. 어이없게도 의사는 인간이 아니라 인형을 진찰하고 있다.

화가는 이 그림의 원형이면서 더 유명한, 1929년에 그린 또 다른 〈의사와 인형〉에서는 의사가 인형의 가슴에 청진기를 대고 진찰하는 모습을 그렸고, 이번에는 진맥을 하는 모습을 그렸다. 이전 그림에서는 인형이 인형 같았지만, 이 그림에서는 인형이 사람처럼 옷을 입어 꼭 사람처럼 보인다.

이 그림은 아름다운 스토리를 펼쳐 보인다. 소녀는 왕진을 온 의사에게 자기 인형이, 아니, 아기가 아픈 것 같다며 진찰해 달라고 한다. 소녀에게 인형은 인형이 아니라 부모가 자신에게 그러듯 돌봐줘야 하는 진짜 아이다. 소녀는 심각하다. 의사는 소녀의 호소를 외면하지 않고 정성스럽게 '아이'를 진찰하기 시작한다. 소녀와 눈높이를 맞춘 것이다. '우리 아기 괜찮아요?' 소녀의 눈길은 이렇게 묻고 있다. 의사는 걱정하지 말라는 듯 진맥에 열심이다. 그에게는 사실을 들이미는 것보다 소녀의 마음이 훨씬 더 중요하다. 그는 인형이 아니라 소녀의 마음을 진단하는 중이다.

소녀는 언젠가 어른이 되어 이때를 회상하며 그 너그러움에 가슴이 뭉클할지 모른다. 때로는 이러한 너그러움을 비추는 것이 예술이다. 록웰의 그림이 그러하듯.

•

눈물의 원리

"나는 죽으면 아무것도 모른다는 말이 참기 힘들다." 조선 후기의 문인 심노숭沈魯崇이 쓴 짧은 글「무덤 옆에 나무를 심으며新山種樹記」의 마지막 문장이다. 그가 서른한 살에 죽은 동갑내기 아내를 그리며 무덤가에 계속 나무를 심자, 죽으면 아무것도 모른다며 사람들이 만류했던 모양이다. 그와 사이가 좋던 동생 노암魯巖마저도 형이 애도의 감정에 너무 집착한다고 생각했다. 하지만 그는 개의치 않았다. 그에게 죽음은 소멸이 아니었다.

심노숭이 살았던 조선 시대는 애통한 감정을 글로 드러내는 걸 금기시했다. 아내의 죽음을 과도하게 슬퍼하면 비웃던 시대였다. 그러나 그는 시대를 앞서간 사람이었다. 그는 아내를 잃고 느끼는 상실감과 고통을 표현하는 것을 주저하지 않았다. 반찬으로 올라온 쑥을 보고도 아내를 떠올리며 목이 메었고 그 감정을 시로 써냈다. "나를 위해 쑥을 캐던 사람, 그 사람의 얼굴에 덮인 흙 위로 쑥이 돋았다."

그는 아내의 죽음을 애도한 50편에 가까운 시와 산문을 남겼다. 그중에서도 눈물에 관한 글은 애도에 대한 그의 생각을 집약하여 보여준다. 그는 애도의 대상이 감응해야 눈물이 나온다고 생각했다. 곡을 해도 눈물이 나지 않거나 곡을 하지 않아도 눈물이 나는 건 그래서라고 했다. 그는 제를 지내면서 눈물이 나면 제를 잘 지냈다고 느끼고, 눈물이 나지 않으면 제를 제대로 지내지 않았다고 느꼈다. 세월이 흘러도 마찬가지였다. 거문고와 피리 소리를 들을 때, 책상 위에 서류가 수북이 쌓여 있을 때, 술에 취해 정신이 없을 때, 바둑이나 장기를 둘 때, 즉 그가 슬픔과 전혀 관련 없는 행동을 할 때 속절없이 눈물이 흐르는 것은 아내의 혼이 감응한 결과였다. 그렇다면 눈물은 자신만의 것이 아니라 타자의 것이기도 했다. 다소 감상적인 면이 없지 않지만, 이것이 그가 생각하는 누원淚原, 즉 눈물의 원리였다. 그립고 아린 마음이 닿고 통해서 흐르는 것이 애도의 눈물이라는 의미였다.

●

부모 면접

　"모든 어른의 가슴속에는 자라지 못한 아이가 살고 있다." 이희영 작가의 소설 『페인트』에 나오는 말이다. 국가가 설립한 양육센터에 사는 열일곱 살짜리 고아 화자가 '부모 면접'을 하는 과정에서 속으로 하는 생각이다. 이것이 무슨 의미인지 이해하기 위해서는 부모 면접이라는 낯선 개념부터 이해할 필요가 있다.

　일반적으로 입양의 주체는 아이가 아니라 예비 부모다. 그런데 이 소설은 그걸 뒤집는다. 여기서 선택의 권리는 예비 부모가 아니라 아이들에게 있다. 아이들이 사전에 녹화된 예비 부모의 영상물을 보고 면접을 허용할지 여부를 결정한다. 그리고 입양 여부는 몇 차례에 걸친 면접의 결과에 달려 있다. 소설의 제목이기도 한 '페인트'는 아이의 입장에서 자신과 예비 부모의 서로 다른 색깔이 어떻게 조화를 이룰지 가늠하는 '부모 면접'에 대한 은어다. 선택을 받은 예비 부모에게는 국가가 보장하는 복지 혜택이 주어진다. 면접을 신청하는 예비 부모들이 많은 이유다.

화자는 지난 4년간 여러 번에 걸쳐 부모 면접을 했지만 번번이 퇴짜를 놓았다. 자식을 원하는 진실한 마음이 없으면서 혜택만을 바라는 이기적인 사람들에게 실망한 탓이다. 그런데 이번에 면접을 신청한 예비 부모는 사뭇 다르다. 그들에게는 어렸을 때 부모에게서 받은 깊은 상처가 있다. 그래서 아이도 낳지 않았다고 한다. 화자가 "어른의 가슴속에는 자라지 못한 아이가 살고 있다"라고 생각하는 것은 바로 이러한 이유에서다. 그런데 놀랍게도 화자는 지금까지도 상처를 안고 살아가는, 어른이면서도 아이나 다름없는 그들이야말로 부모의 자격이 있다고 생각한다. 누가 그런 자리에서 자신의 상처를 솔직하게 이야기할 수 있는가. 솔직하다는 말은 상대를 진심으로 대한다는 말이고, 상처를 이야기한다는 것은 그 상처의 본질을 이해하고 자신은 그러한 상처를 주지 않겠다는 말이다.

만약 우리가 면접을 하면 우리 부모는 어떤 점수를 받을까. 반대로 자식이 면접을 하면 우리는 어떤 점수를 받을까.

불가사리 하나만이라도

수만 마리의 불가사리가 폭풍우에 떠밀려 해변으로 올라와 있다. 물 없이는 살 수 없는 불가사리들이니 이제 영락없이 모래사장에서 죽게 생겼다. 그런데 해변을 산책하던 어린 소녀가 불가사리 한 마리를 집어 바다에 던진다. 어떤 노인이 그 모습을 보고 말한다. "얘야, 이 해변엔 수십만은 못 되더라도 수만 마리나 되는 불가사리가 널려 있단다. 네가 몇 마리 구해준다고 별 차이가 있겠니?" 소녀는 또 한 마리를 집어 바다에 던지며 말한다. "쟤한테는 큰 차이가 있죠."

17년 동안 승려였다가 환속해 진리 전파에 힘�쓴 스웨덴인 비욘 나티코 린데블라드가 『내가 틀릴 수도 있습니다』라는 산문집에서 들려주는 이야기다. 수만 마리 중 몇 마리를 살린다고 무슨 차이가 있느냐고 묻는 노인은 압도적인 현실 앞에서 쉽게 체념하고 마는 우리를 닮았다. 노인의 말은 현실적이다. 개인의 힘으로 대세를 바꾸는 것이 불가능한 현실은 엄연히 존재하고, 그런 상황에서 체념하게 되는 것은 당연한지 모른다. 그러나 소녀의 말도 현실적이긴 마찬가지다. 노인처럼 세상을 바라보면 소녀의 행동이 미미해 보일지 모르지만, 목숨을 건지는 몇몇 불가사리들에게는 그야말로 엄청난 일이다. 미미하지만 그러한 몸짓 하나하나가 모이다 보면 모두를 살릴 수 있을지도 모른다. 비관하고 회의하고 냉소할 게 아니라 작은 것에도 의미를 부여하자는 것이다. 안쓰러운 마음이 일면 이것저것 따지지 말고 우선 행동으로 옮기자는 것이다.

그러한 마음을 조동화 시인은 이렇게 노래한다. "나 하나 꽃피어 / 풀밭이 달라지겠냐고 말하지 말아라 / 네가 꽃피고 내가 꽃피면 / 결국 풀밭이 온통 꽃밭이 되는 것 아니겠느냐." 꽃 한 송이 한 송이가 모여 꽃밭이 되는 법이니 나와 너부터, 너와 나부터 노력하자는 거다. 나 하나 꽃피고 너 하나 노력한다고 세상이 달라지겠느냐고 말하지 말라는 거다. 린데블라드가 전하는 이야기는 니체가 "손님 중에서 가장 이상한 손님"이라고 말한 허무주의를 물리치는 지혜를 감동적으로 펼쳐 보인다.

●

착한 발

아들은 자신을 온전한 인격체로 사랑하는 아버지가 발가락 통풍으로 고통스러워하는 모습을 마음에 새겼다. 화장실에 갈 때는 한쪽 발을 들고 기어가야 했고 얇은 시트에 눌리는 것마저도 고통스러워 밖으로 발을 내놓고 자야 했던 아버지, 그 아버지의 고통이 아들에게는 상처였다. 그는 여전히 빨갛게 부어 있는 아버지의 왼쪽 엄지발가락을 만지며 말했다. "착한 발, 괜찮아요? 정말 착한 발이네요!" 아버지가 아니라 발가락한테 건넨 말이었다. 아들은 아버지의 병이 나은 후에도 왼쪽 발을 잡고 말했다. "착한 발, 착한 발, 괜찮아요? 잘 지냈어요?"

그는 두 개의 뇌를 갖고 태어나 수술을 통해 하나를 떼어내고 장애인으로 살아가는 사람이었다. 그가 발한테 말을 건넨 것은 나이가 들었어도 영원히 아이의 상태에 머물러 있기 때문이었다. 아버지를 생각하는 마음이 뭉클하게 느껴지면서도 의사소통이 온전하지 못해서 발생하는 일이기에 안타까움이 밀려온다.

이것은 노벨 문학상 수상자인 오에 겐자부로의 연작소설「새로운 사람이여 눈을 떠라」에 나오는 일화다. 그런데 허구가 아니라 사실의 기록이다. 작가의 큰아들 얘기다. 심각한 장애와 간질까지 있는 아들이 그가 쓴 많은 소설에 등장하는 것은 그것이 그에게 강박이었다는 확실한 증거다. 그런데 그 강박에서 위대한 윤리적 소설들이 탄생했다. 아들이 아버지를 강박으로 내몰다가 결국에는 사유와 윤리의 세계로 안내한 것이다.

세상과 역사에 내몰린 타자들에 대한 오에의 애정과 관심은 장애를 가진 아들에 대한 관심의 연장이었다. 그래서인지 그는 일본 제국주의에 유린당한 이웃 나라의 고통을 외면하지 않았다. 일본 본토가 희생양으로 삼은 오키나와의 고통도 외면하지 않았다. 이웃의 상처를 위로하고 사과하기는커녕 식민주의 역사를 지우거나 정당화하는 데 골몰하는 일본이 그나마 도덕적 파산을 면할 수 있는 건 오에처럼 타인의 상처와 고통에 민감한 사람들이 있기 때문이다.

●

돌아가도 된다

　자식은 부모에게 늘 아이다. 어른이 되어도 품어줘야 하는 어른아이. 신경숙 작가의 『아버지에게 갔었어』는 그러한 아빠와 딸에 관한 소설이다. 표면적으로는 아버지의 희생적인 삶에 관한 감동적이면서 가슴 시린 이야기지만, 더 깊이 들여다보면 화자이자 작가인 딸이 아버지에게서 위로를 받는 이야기다. 이야기가 두 층위로 나뉘는 것은 화자의 트라우마 때문이다.

　화자는 교통사고로 딸을 잃었다. 횡단보도 건너편에 있던 화자가 부르는 소리를 듣고 딸이 좌우를 살피지 않고 달려오다가 그랬다. 그것은 카를 구스타브 융이 트라우마를 정의하며 한 말처럼 존재가 "바위에 내동댕이쳐지는" 엄청난 충격이었다. "절망으로 등뼈가 갈라지는" 것 같았다. 화자는 지난 6년을 그러한 절망 속에 살았다.

　아버지는 딸을 생각하는 마음에 말을 삼갔다. 그사이에 그는 병들고 심각한 수면장애도 생겼다. 이러다가는 언젠가 정신줄을 놓고 아무 말도 못 해줄 것만 같다. 그래서 어느 날 딸에게 말한다. "사는 일이 꼭 앞으로 나아가야만 되는 것은 아니다. 돌아보고 뒤가 더 좋았으믄 거기로 돌아가도 되는 일이제." 세상은 아픈 과거를 훌훌 털어버리고 앞으로 나아가라고 주문하지만, 그는 꼭 그럴 필요는 없다며 과거가 더 좋았으면 그 기억으로 돌아가라고 말한다. 다만 불행한 순간에 대한 과도한 집착에서 벗어나라고 한다. 집착하게 되면 너도 힘들고 죽은 아이도 "갈 길을 못 가고 헤맬 것"이다. "붙들고 있지 말어라. 어디에도 고이지 않게 흘러가게 둬라."

이 말을 하는 아버지는 안으로 울고 딸은 밖으로 운다. 딸은 아버지의 말을 기록으로 남긴다. "매일이 죽을 것 같어두 다른 시간이 오더라." 유언도 기록으로 남긴다. "니가 밤길을 걸을 때면 너의 왼쪽 어깨 위에 앉아 있겠다. 그러니 무엇도 두려워하지 마라." 딸은 아버지의 말을 밑알 삼아 조금씩, 아주 조금씩 절망에서 빠져나오기 시작한다. 작가의 말대로 "모든 것이 끝난 자리에서도" 삶은 이어진다.

남들도 우리처럼 사랑할까

"남들도 우리처럼 서로를 어여삐 여기고 사랑할까?" "남들도 우리 같은가?" 얼마나 행복하면 이런 말이 나올까. 더이상 높아질 수 없는 사랑. 400여 년 전 안동에 살았던 어느 여인이 신문지 한 장 크기의 한지에 붓으로 쓴 편지가 이러한 사랑을 애달프게 전한다.

그것이 애달픈 것은 죽음이 두 사람을 갈라놓았기 때문이다. "둘이 머리가 희어지도록 살다가 함께 죽자 하시더니 어찌하여 나를 두고 당신 먼저 가시나요." 편지의 서두가 확인해주는 것처럼 사랑하는 사람이 죽었다. 서른한 살의 나이로 남편이 갑자기 죽었을 때 아내가 쓴 편지는 수백 년이 흐르는 동안 남편 옆에 머물다가 세상으로 나왔다.

편지는 수신자('원이 아바님께'), 작성 일자('병술 뉴월 초하룻날'), 작성 장소('집에서')가 적힌 오른쪽을 제외하면 혼란스럽다는 느낌이 들 만큼 글자들로 빼곡하다. 오른쪽에서 왼쪽으로, 위에서 아래로 써내려가다가 더 이상 남은 공간이 없자 종이를 옆으로 돌려 위쪽 여백에까지 쓴 탓이다. "이런 슬픈 일이 하늘 아래 또 있겠습니까"라는 문장이 반은 아래쪽에, 나머지 반은 위쪽에 있는 이유다. 빈틈없이 빼곡한 글씨들은 남편을 잃은 여인의 슬픔과 애원, 사랑을 증언한다.

여인은 남편에게 꿈에라도 나타나 자식들하고 어떻게 살아야 할지, 뱃속의 아이가 태어나면 누구를 아버지라고 부르도록 해야 할지 말해달라고 애원한다. 그리고 "남들도 우리 같은가?"라고 물을 정도로 사랑했던 '자내(당신)'의 모습을 꿈에서라도 보게 해달라고 애원한다. "내 꿈에 당신 모습 자세히 보여주시고 또 말해주세요. 나는 꿈에 당신을 볼 수 있다고 믿고 있습니다. 몰래 와서 보여주세요." 이것은 현실 부정이 아니라 사랑의 확인이다. 프로이트가 말하는 '리얼리티 테스트', 즉 냉엄한 현실이 남편의 부재를 환기하겠지만 그럼에도 불구하고 계속될 사랑, 편지는 그 사랑을 아름답고 아리게 전한다.

슬픈 야광볼

겉은 어른이어도 속으로는 아이인 사람들이 있다. 유년 시절에 깊은 상처를 경험한 사람들이 종종 그러하다. 최진영 작가의 『내가 되는 꿈』은 그러한 아이, 그러한 어른에 관한 소설이다.

아이의 부모는 늘 싸웠다. 서로를 죽이기라도 할 것처럼 격렬하게 싸웠다. 아이가 울기도 하고 소리를 지르기도 했지만 소용없었다. 그 상황에서 아이를 구한 것은 문구점 앞 자판기에서 뽑은 야광볼이었다. "형광등 빛을 품어두었다가 어둠 속에서 눈부신 하늘색으로 빛나는 작은 볼." 아이는 불을 끄고 책상 밑으로 들어가 손바닥에 야광볼을 놓고 바라보기 시작했다. 눈을 바짝 붙이고 바라보는 데 집중하자 모든 것이 사라지고 야광볼만 존재하게 되었다. 부모가 싸우는 소리도 들리지 않았고 싸움이 끝났어도 끝난 줄 몰랐다. 나중에 엄마가 들어와 끌어내자 아이는 그제야 눈을 떼고 말했다. "이거 야광이다." 그 말을 듣고 엄마는 울었다.

부모가 갈라서면서 아이는 외할머니 밑에서 커야 했다.

세상을 늘 비관적으로 바라보게 된 것은 유년의 상처 때문이었다. 나이가 들어도 그 안에는 야광볼을 바라보며 세상사를 잊으려 했던 소녀가 그때의 모습 그대로 살고 있었다. 그래도 다행인 것은 그가 자기 안에 살고 있는 그 아이를 알아보기 시작했다는 것이다. "깊은 비관에 사로잡힌 어린 시절의 나를 생각하면 마음이 아프다." 이제야 스스로를 다독이기 시작한 것이다. 늦었지만 다행이다. 더 다행인 것은 유년 시절의 자기가 성년이 된 자기를 본다면 왜 그렇게 세상을 비관적으로 보고 아직도 야광볼로 도피하는 삶을 살고 있느냐고 책망할 것 같다는 생각을 하게 되었다는 사실이다. 스스로에 대한 위로가 스스로에 대한 성찰로 이어진 셈이다.

소설 속의 야광볼은 아픈 상처 앞에서 어딘가로 도피하려 하는 인간 심리에 대한 슬픈 은유다. 그렇게라도 버티는 거다. 그리고 때가 되면 스스로를 위로하는 거다. 자기 연민도 결국에는 치유로 이어질 수 있으니까.

●

미안하다, 딸아

딸이 안기려고 하면 어머니는 몸이 굳었다. 딸은 어머니가 자기를 사랑하지 않는다고 생각했다. 세월이 흘러 그 딸이 결혼해 딸을 낳았다. 그녀도 똑같았다. 딸이 안기려고 하면 자기도 모르게 몸이 굳었다. 그녀는 욕하고 때리면서 딸을 모질게 키웠다. 폭력을 대물림하다니, 너무 슬픈 대물림이었다.

캐나다 원주민 작가 베라 마누엘의 희곡 「인디언 여성들의 강인함」에 나오는 이야기다. 그 어머니가 그랬던 것은 인디언 기숙학교에서 입은 트라우마 때문이었다. 그녀는 15만 명에 달하는 다른 인디언 아이들처럼 강제로 기숙학교에 들어갔다. 학교라기보다는 아이들에게 영어와 기독교, 서양 문화를 강요하고 인디언적인 것을 빼내 유럽인으로 개조하기 위한 수용소였다. 학교는 인종청소의 도구였다. 아이들은 정신적·신체적·성적인 폭력과 질병에 시달렸다. 그들이 죽으면 학교는 부모에게 시신을 넘겨주지도 않고 그냥 묻었다. 지금 세상을 떠들썩하게 만들고 있는, 인디언 기숙학교 부지에서 발견된 1천 구가 넘는 아이들의 유골이 그 생생한 증거다.

희곡 속의 어머니가 딸을 밀쳐낸 것은 그러한 폭력의 후유증 때문이었다. 그녀가 신부와 수녀, 교사들로부터 당한 폭력은 사람들과의 관계를 파국으로 몰고 갔다. 딸과의 관계도 예외가 아니었다. 그녀는 사랑을 표현하는 방법을 알지 못했다. 딸이 다가오면 밀쳐냈다. 때로는 욕하고 때렸다. 실제로는 사랑하면서도 그랬다. 딸이 기숙학교에 대해 물으면 괜찮은 곳이었다고만 말했다.

슬픔으로 가득한 이 희곡에서 가장 슬픈 장면은 "나는 너를 사랑해"라는 어머니의 말에 딸이 "아니, 안 그래요"라고 대꾸하는 대목이고, 가장 아름다운 장면은 어머니가 딸에게 용서를 빌며 이제부터는 몸이 굳어지지 않을 거라고 말하고 딸은 딸대로 어머니에게 미안하다고 말하는 대목이다. 국가와 종교가 합작한 기숙학교 폭력으로 삶이 만신창이가 되었어도 어머니와 딸은 서로에 대한 사랑으로 그 삶을 견뎌냈다.

●

아버지의 소라 껍데기

"아버지가 제게 돌아오셔도 발진이 나고 아버지가 돌아오셔도 마마에 걸릴까요?" 네 살짜리 아이가 천연두에 걸렸을 때 어머니에게 했다는 말이다. 아이의 아버지는 머나먼 곳에서 유배 중이었다. 아버지가 옆에 있다고 병이 나을리는 없겠지만, 아이의 마음에는 자신의 병이 아버지의 부재와 모종의 관련이 있는 것으로 느껴졌던 모양이다. 다산 정약용이 아이의 아버지였다.

다산이 막내아들 농장農坪을 잃은 것은 1802년 12월의 일이었다. 그는 정조가 죽은 이듬해인 1801년부터 1818년까지 유배 생활을 했으니, 유배지에서 두 번째 맞는 겨울이었다. 그의 나이 마흔이었다. 그는 아들이 죽었어도 유배지인 강진에 묶여 있는 자신의 처지가 너무 슬펐지만, 아들을 "품속에서 꺼내어 흙구덩이 속에 집어넣고" 비통하게 울었을 아내를 생각하며 마음을 다잡았다. 슬프기로 말하면 자기 몸으로 낳은 아들이 죽어가는 모습을 지켜본 아내가 훨씬 더할 게 분명했다.

그가 할 수 있는 일이라고는 아들의 무덤에 묻어줄 글 「농아광지農兒壙志」를 쓰는 것이 전부였다. 그는 아들이 언제 태어나고 죽었으며 생김새와 특징은 어떠했는지 기록함으로써 아들의 흔적을 남기고 싶었다. 세상에 머문 시간이 짧았기에 자신의 흔적을 남길 수 없었던 아들을 위한 애도의 방식이었다.

다산은 그 글에서 자신이 보낸 두 개의 소라 껍데기를 보고 아버지를 그리워했다는 아들을 생각하면서, 죽어야 하는 것은 자신인데 아들이 죽었다며 한탄했다. "나는 죽음이 삶보다 현명한 일인데도 살아 있고 너는 삶이 죽음보다 현명한 일인데도 죽었구나." 기막혀도 너무 기막힌 운명이었다. 아홉 명의 자식 중 다섯이 죽고 이제는 막내까지 죽다니, 자신이 전생에 무슨 죄를 지었기에 이러는가 싶었다. 그의 고통스러운 마음과 아들에 대한 절절한 그리움이 밴 「농아광지」는 자식을 잃은 아비의 고통과 상처를 지금도 생생하게 전한다. 다산에게 고통과 상처의 유일한 출구는 글이었다.*

---

* 여기에 인용한 다산의 글의 서지사항은 다음과 같다. 『유배지에서 보낸 편지』, 정약용 지음, 박석무 편역, 창비, 1991. 『다산산문선』, 정약용 지음, 박석무 역주, 창비, 1985.

●

어머니와 고양이

    세상을 인간 중심으로만 보면 다른 입장을 이해하지 못할 때가 더러 있다. 이것은 부모와 자식 사이에도 마찬가지다. 2003년도 노벨 문학상 수상자인 존 쿳시의 소설 「노인과 고양이」는 동물을 둘러싼 모자간의 갈등을 보여준다.

    아들은 늙은 어머니가 못마땅하다. 자식 가까이에서 살라고 해도 다른 나라의 시골에 가서 길고양이를 돌보며 사는 것이 도무지 못마땅하다. 그러다가는 수가 불어나 마을이 길고양이들로 가득 찰 것만 같다. 어머니는 조만간 사람들의 원성을 사게 될 것이다. 그는 인간의 이익과 동물의 이익이 충돌하면 당연히 인간 편에 서야 한다고 생각한다. 그렇다면 길고양이는 아예 없애는 게 좋지 않을까. 그가 어머니에게 길고양이를 돌보려거든 중성화를 시키라고 충고하는 이유다.

    그러자 어머니는 아들에게 자신이 어떻게 고양이를 돌보게 되었는지 이야기해준다. 어느 날 그녀는 산책을 하다가 더럽고 습한 지하 수로에서 새끼를 낳는 고양이를 보게 되었다. 제대로 먹지 못해 피골이 상접한 고양이였다. 보통 때 같았으면 고양이는 인간이 무서워 달아났겠지만, 그럴 수 없는 상황인지라 그저 으르렁거릴 따름이었다. 새끼를 지키기 위해서라면 목숨이라도 내놓을 태세였다. 그녀는 고양이에게 말해주고 싶었다. "나도 어미란다." 자신과 고양이 어미 사이의 거리는 그리 멀지 않아 보였다.

그런데 아들은 그런 건 감상적인 생각이라며 고양이의 개체수가 늘어나 골칫거리가 되고 고양이가 새와 쥐와 토끼를 산 채로 잡아먹는 문제는 어떻게 해결할 거냐고 묻는다. 그러자 어머니는 새끼를 낳고 있는 어미 고양이를 돕게 된 것은 선택의 문제가 아니라 '노 없는 예스'의 문제였다며, 모든 것을 문제 해결의 차원에서만 보지 말라고 한다. 자기도 모르게 고양이의 '포로'가 된 어미의 마음을 헤아려 달라는 말이다. 인간 중심으로 세상을 보는 아들은 어머니를 끝내 이해하지 못하지만, 스토리는 독자의 마음을 흔들어 어머니의 마음에 아주 조금이나마 공감하게 만든다.

●

엄마에게 쓰는 편지

깊은 슬픔을 깊은 사유로 바꿔놓는 사람들이 있다. 덴마크의 영화감독 리스베트 선희 엥겔소트프도 그런 사람이다. 그는 덴마크 양부모 밑에서 자란 한국인 입양아다. 그가 어머니를 찾으려고 한국에 왔을 때 어떤 미혼모가 물었다. "입양아로 사는 게 행복한가요?" 가혹하고 무례한 질문이었다. 엄마에 대한 그리움으로 죽을 것 같은데 어찌 행복할 수 있겠는가. 그러나 아이를 입양시키려고 하는 미혼모의 고통스러운 얼굴이 그를 머뭇거리게 했다. 그래서 그는 이렇게 말했다. "그럼요." 아이를 떠나보내는 미혼모를 배려한 답변이었다.

열아홉 살에 자신을 낳아 해외로 보낸 엄마도 그 미혼모와 같은 마음이 아니었을까. 자신을 버린 것이 아니라 더 좋은 곳으로 보내려는 마음이 아니었을까. 그는 한국인 미혼모들, 아니, 엄마들의 마음을 더 알고 싶었다. 그가 '엄마에게 보내는 편지'라는 부제가 붙은 다큐영화 〈날 잊지 말아요Forget me not〉를 만든 이유다. 그는 미혼모 시설에서 1년

6개월을 머물며 그들의 일상을 카메라에 담았다. 그러면서 아이를 쉽게 단념하는 엄마는 없다는 사실을 깨달았다. 그들은 아이를 키우고 싶어했다. 그러나 사회가 그것을 용납하지 않았다. 그들의 부모부터 용납하지 않았다.

감독은 그들의 모습을 지켜보면서 자신의 엄마를 이해할 수 있었다. 엄마에게 갓 낳은 딸을 해외로 입양시키도록 강요한 것은 결국 한국 사회였다. 20만 명에 달하는 아이들을 해외로 보낸 것도 한국 사회였다. "한 아이를 키우려면 온 마을이 필요하다"라는 아프리카 속담에 비춰보면 모자라도 한참 모자란 게 한국 사회였다. 그렇게 생각하자 엄마가 너무 안쓰러웠다. 그러지 않아도 보고 싶던 엄마가 더 보고 싶었다. 그는 엄마가 봐주기를 바라며 영화를 찍고 이렇게 말했다. "엄마를 원망하지 않으니 엄마도 자신을 원망하지 마세요. 사랑해요, 영원히." 자신을 만나주지도 않으려 하는 엄마를 향한 영화감독, 아니, 딸의 깊고 따뜻한 마음이 경이롭다.

●

"어머니가 아파요"

어떤 철학자는 세상에서 가장 비참한 것이 무엇이냐는 질문에 '기억을 잃는 것'이라고 했다. 고통스러운 경험에서 나온 말이었다. 그의 어머니는 말년에 알츠하이머병을 앓았다.

그는 어머니가 생존해 있을 때 틈만 나면 옆으로 달려갔다. 옆에서 글도 쓰고 교정도 보고 책도 읽고 명상도 했다. 그러나 어머니는 아들을 알아보지 못했다.

어느 날 그가 어머니에게 아프냐고 묻자 어머니는 "응" 하고 대답했다. 그는 어머니가 자신의 말을 알아듣는가 싶어서 어디가 아프냐고 물었다. 그러자 그의 어머니가 "제 말 아 마 메르J'ai mal à ma mère"라고 대답했다. 직역하면 '나는 어머니가 아파요'라는 뜻이었다. 불완전하고 어색한 문장일 뿐만 아니라, 나오더라도 어머니가 아니라 아들의 입에서나 나올 만한 말이었다. 마치 어머니가 아들의 입장이 되어 말을 하는 것 같았다. 물론 그럴 리 없었다. 어쩌면 자기 어머니를 떠올리고 그렇게 말했는지도 몰랐다. 어느 쪽이 됐든 아들은 어머니의 말에 목이 메었다.

　어머니에게 아들은 이름 없는 타인, 낯선 타인이었다. 아들의 말을 들어도 듣는 게 아니었고, 아들의 얼굴을 보아도 보는 게 아니었다. 슬픈 일이었다. 그는 그런 어머니의 마지막을 지켜보면서 그 슬픔을 언어로 새기기 시작했다. 기억을 잃어버린 어머니를 자기만이라도 오래도록 기억하고 싶었다. 이것은 후에 그의 감동적인 저서 『할례/고백』의 일부가 되었다.

　팔십대 후반의 어머니는 마지막 3년을 그렇게 살다가 아들을 끝내 알아보지 못하고 90세의 나이로 세상을 떠났다. 그 어머니의 아들이 프랑스 철학자 자크 데리다였다. 알제리에서 태어나 프랑스로 이주해 디아스포라의 삶을 살아야 했던 데리다는 그렇게 어머니를 알츠하이머병으로 잃었다. 어머니의 마지막 3년은 그에게 "3년 동안 지속된 길고 긴 죽음"이었다. 어머니의 길고 긴 죽음을 지켜보면서 그는 기억을 잃는 것이 세상에서 가장 비참한 일이라고 생각했다. 사랑하는 사람이 그리 되면 누군들 그렇지 않으랴.

●

마누라보다 아끼는 논

　윤리는 상식과 같은 길을 가다가도 때로는 갈라선다. 정지아 작가의 소설 「브라보, 럭키 라이프」는 그 갈라섬에 수반되는 어려움을 펼쳐 보인다.

　소설 속의 아버지는 자신이 평생 일해서 마련한 논과 밭을 거의 다 팔아치웠다. 휴가를 나왔다 귀대하다가 교통사고를 당해 식물인간이 된 막내아들 때문이다. 의사는 가망이 없으니 인공 호흡기를 떼자고 했다. 의사의 말은 비정하지만 상식의 소리였다. 그러나 아버지는 가진 것을 다 팔아서라도 아들을 살리고 싶었다. 아들은 8년 동안 식물인간으로 있다가 기적적으로 눈을 떴다. 그러나 사람을 알아보지도 말을 하지도 움직이지도 못했다. 그냥 먹고 자기만 했다.

　그사이에 가진 것은 다 없어지고 논 하나만 남았다. 아버지는 아들을 바라보며 생각했다. "이놈을 죽이고 나도 따라갈까, 그게 저에게도 나에게도 행복 아닐까." 그는 술김에 아들의 목을 조르기 시작했다. 그런데 그가 조르고 있는 아들

의 목울대에서 소리가 새어나왔다. "아…… 아부……." 13년
만에 처음 듣는 아들의 목소리였다. 살려달라는 절규였다.
아들은 말을 하지 못하고 움직이지 못해도 "생각할 줄 아
는 어엿한 사람"이었다. 아버지도 울고 아들도 울었다. 그는
"눈물이 흐르기만 하는 게 아니라 펌프처럼 콸콸 샘솟기도
한다는 것"을 처음으로 알게 되었다. 그는 다음 날 "마누라
보다 아끼는 논"을 미련 없이 팔았고, 나중에는 생활보호 대
상자가 되어 살았다. 그는 아들에게 나타난 아주 작은 변화
라도 기적으로 여기며 지난 23년을 살았다. 그러는 동안 다
른 자식들에게 소홀히 했음은 물론이다. 빚에 쪼들리는 큰
아들에게서 이제는 산 자식 죽는 꼴 보게 생겼다는 소리를
들을 정도로.

소설은 온전하지 않고 온전해질 가능성이 없다고 버려
도 되는 잉여적인 존재란 없다는 것을 환기한다. 그게 윤리
다. 상식과는 가는 길이 다른 윤리. 그런데 우리라면 어땠
을까. 정지아의 소설들은 늘 이렇게 묻는다.

●

C33

기관지염으로 죽어가던 그녀는 아들이 보고 싶다고 했다. 아들은 감옥에 있었다. 교정당국이 외출을 허락해주지 않는다고 하자 그녀는 벽을 향해 돌아누웠다. 셰익스피어의 희곡 다음으로 많이 읽히고 공연되는 희곡 「진지함의 중요성」을 쓴 작가 오스카 와일드가 그녀의 아들이었다.

와일드의 어머니 레이디 제인 '스페란자' 와일드는 다재다능한 여성이었다. 시인, 번역가, 언어학자였으며 아일랜드 민족주의자이자 여권 운동가였다. 아일랜드에서는 그녀를 모르는 사람이 없었다. 어머니의 재능을 물려받은 와일드는 트리니티 대학과 옥스퍼드 대학교를 거치며 작가로서 승승장구했다. 그러나 명성이 최고조에 달했을 때 터진 동성애 사건으로 바닥에 떨어졌다. 결국 1895년 5월, 2년의 강제노역형을 선고받고 감옥에 갇혀 이름 대신 C33이라 불리게 되었다. C동 3층 3호실에 수감된 죄수.

그래도 어머니는 아들 편이었다. 세상이 그에게 돌을 던지고 침을 뱉을 때도 그를 감싸면서 법정에서 당당하게 맞서라고 했다. 가문에 먹칠을 했어도 그의 편이었다. 와일드가 감옥에서 쓴 편지들을 모은 『옥중기De Profundis』에서 가장 고통스럽게 묘사된 부분을 하나 꼽으라면 어머니의 죽음과 관련된 대목이다. 분량이 한 단락에 불과하지만 그것은 슬픔과 회한, 상처와 고통이 부족해서가 아니라 오히려 그러한 감정들의 과잉 때문이었다. 자타가 공인하는 '언어의 대가'인 그였지만, 세상을 떠난 어머니를 향한 비통한 마음은 그의 표현대로 하면 "펜으로 쓸 수도 없고 종이에 기록할 수도 없고" 치유될 수도 없는 감정이었다.

어머니가 죽은 이듬해인 1897년 5월에 형기를 마치고 출소한 그는 3년 6개월 후 마흔여섯의 나이로 비참하게 죽을 때까지 그 감정으로부터 자유롭지 못했다. 그의 사후에 산문문학의 최고봉이 된 『옥중기』는 그의 슬픔을 백 년이 넘은 지금도 조용히 증언한다. 그것이 세상을 떠난 어머니를 향해 그가 할 수 있는 전부였다.

45점을 준 선생님*

　학교에 다닐 때 그는 흔히 말하는 문제아였다. 가출도 잦고 무단결석도 잦았다. 불안한 가정환경 탓이었다. 그러다 보니 성적이 바닥이었다. 기말 시험에서 화학 문제를 하나도 풀 수 없었다. 아는 화학식이라고는 H_2O밖에 없었으니 당연했다. 그래도 그냥 앉아 있기가 무료해 답안지 뒷면에 좋아하는 식물들에 대해 쓰고 답안지를 제출했다. 그럼에도 화학 선생님은 뒷면의 낙서에 동그라미 두 개를 그리고 45점이라는 점수를 줬다. 어떻게든 학생을 보듬어주고 싶어서였다.

　퇴학당할 때 교무회의에서 그를 두둔한 것도 그 선생님이었다. "성서는 백 마리의 양 중 한 마리를 잃었다면 아흔아홉 마리를 남겨두고 길 잃은 양을 찾아 나서야 한다고 가르칩니다." 선생님은 어린 학생을 품어주자고 했다. 학생이

　＊　유미리의 수필집 『물고기가 꾼 꿈』(김난주 옮김, 열림원, 2001)에
　　　나오는 일화다.

얼마나 힘들면 그러겠는가. 학칙을 어겼다고 쫓아내면 그게 무슨 교육인가. 더욱이 이 학교는 기독교 정신을 받드는 미션스쿨이 아닌가. 그러나 학교는 끝내 그를 내쳤다. 그것이 그에게는 한이 되고 멍이 되었다.

학교는 아흔아홉 마리의 양을 위해 한 마리를 내쳤지만 선생님은 포기하지 않았다. 학교에서 쫓겨나 연극의 길로 들어선 제자가 공연을 할 때나 제자의 희곡이 공연될 때마다 극장을 찾았다. 폐암 수술을 받고 입원과 퇴원을 반복할 때도 공연을 보러 와서 제자를 축복했다. 격려 엽서도 잊지 않았다. "미리의 목소리로, 미리의 노래를 평생 쉬지 않고 부르도록 하세요. 그 노래에 공감하는 사람, 그 노래로 용기를 얻은 사람이 반드시 있을 것입니다."

그는 선생님의 사랑과 응원을 받으며 유명 작가가 되었다. 아쿠타가와상을 수상하고 영어로 번역된 소설 『우에노역 공원 출구』로 2020년 전미도서상을 수상한 재일교포 유미리 작가가 그 학생이었다. 그는 세월이 흘러 고인이 된 키다 선생님을 추모하는 모임에서, 길을 잃고 정처 없이 헤매던 외로운 양을 유일하게 품어주던 선생님을 그리워하며 속으로 울었다.

●

살아 있는 순교

"어미와 떨어지거든 하늘이 찢어지도록 울어라. 울어서 네가 살아 있음을 알려야 한다. 그래야만 네가 산다. 그 울음을 주께서 들을 것이고 사람의 귀가 들을 것이고 종국에는 인정이 움직일 것이다." 김소윤 작가의 소설 『난주』에 나오는 말이다. 아이를 떼어놓는 어미는 정약현(다산 정약용의 형)의 딸 난주이고, 아이는 1801년 신유박해 때 참수당한 천주교인 황사영과의 사이에서 태어난 두 살배기 아들이다.

백서帛書 사건이 신유박해의 단초였다. 백서는 황사영이 종교탄압과 관련하여 북경의 천주교 주교에게 보내려고 비단帛에 쓴 밀서였다. 그 사건으로 황사영은 능지처참을 당하고 부인은 관비가 되었다. 그런데 황사영에 대해서는 알려져 있지만, 역사는 관비가 된 부인에 대해서는 침묵한다. 영웅의 자리는 남성의 몫이었다.

소설은 그 사실에 주목한다. 남편과 달리 부인에게는 신앙을 위해 목숨을 버리는 순교가 일종의 사치였다. 신앙심이 덜해서가 아니라 두 살짜리 아이 때문이었다. 배교, 즉 신앙을 배반해서라도 목숨을 보전해 젖먹이를 거둬야 했다. 그녀는 예수의 어머니를 떠올리며 위안을 삼았다. "성모께서 처녀의 몸으로 잉태한 예수를 기쁨으로 낳았으며, 그 아들의 마지막 길까지 묵묵히 곁을 지켜주지 않았던가." 난주가 택한 길은 '살아 있는 순교'였다.

그녀는 제주도로 끌려갈 때 배가 추자도에 정박하자 모래밭에 있는 소나무에 아이를 묶어놓게 했다. "하늘이 찢어지도록 울어라." 누군가에게 발견되어 양민의 삶을 살도록 하려는 배려였다. 그러지 않으면 노비가 될 터였다. 노비는 대물림이었다.

그녀는 제주도에서 37년을 관비로 살았지만, 신앙의 가르침대로 낮은 자들에게 헌신하고 봉사하는 삶을 살았다. 그러나 추자도에 버린 아들을 다시는 만나지 못했다. 그럼에도 소설은 그녀가 노년에 아들을 만나 살아가는 것으로 묘사한다. 그렇게라도 그녀의 상처와 응어리를 풀어주려는 배려에서 나온 상상이다. 이럴 때 소설은 애도의 한 형식이 된다. 시적 애도라고 할까.

사랑의 응원단장

사랑하는 사람을 잃은 충격과 상처를 극복하기란 여간 어려운 일이 아니다. 일본 작가 이노우에 히사시의 희곡 『아버지와 살면』은 그 어려움에 관한 이야기다. 딸과 아버지가 이야기에 등장하는데, 딸은 스물세 살이고 아버지는 히로시마에 원자폭탄이 떨어질 때 죽었다. 그런데 3년 전에 죽은 아버지가 딸 앞에 나타난다. 딸의 죄의식과 한숨이 죽은 아버지를 불러낸 거다. 작가의 말대로 아버지는 딸의 마음속 환영인 셈이다.

아버지는 딸이 트라우마로 인해 번개만 쳐도 원자폭탄을 연상하며 벌벌 떨고 사랑하는 남자가 있어도 죄의식 때문에 자신의 감정을 외면하고 사는 게 너무 안쓰럽다. 그래서 응원하러 온 거다. 그의 말처럼 사랑의 응원단장을 자처하며.

아버지는 딸에게 자기를 사랑하는 사람을 받아들이고 행복하게 살라고 조언하지만 딸은 도리질을 한다. 아버지를 죽게 놔두고 도망친 것이 미안한 거다. 실제로는 도망친

게 아니었다. 딸은 원자폭탄에 피폭되어 죽어가는 아버지를 살리려고 사력을 다했다. 그러나 딸까지 죽게 생기자 아버지가 딸을 설득해 떠나게 했다. 그럼에도 딸은 자기만 살려고 도망쳤다고 생각한다. 그래서 연애를 못 한다. 염치없이 자기만 행복할 수는 없다고 생각하는 거다. 아버지는 그런 딸에게 마지막에 헤어지면서 자기 몫까지 살아달라고 부탁했던 일을 상기시킨다. 자기에게 미안해할 것이 있다면 누군가를 사랑하는 것이 아니라 사랑하지 않는 것이라면서.

오랜만에 딸의 얼굴에 미소가 감돌고 아버지한테 고맙다고 말하며 이야기가 끝나는 것으로 보아 딸은 아버지의 말을 따를 것 같다. 그렇다고 죄의식이나 내적 갈등이 완전히 없어지는 건 아니겠지만, 딸은 아버지의 몫까지 살면서 상처를 조금씩 치유해 갈 것이다. 이야기 속의 아버지가 딸에게 그러하듯, 비극적인 사건으로 생이별을 하고 우리 곁을 떠난 사람들은 자신의 몫까지 살아달라면서 우리의 삶을 응원하는 응원단장들일지 모른다.

●

숨어서 통곡하는 충무공

꿈은 과거와 현재, 미래와 관련해 우리의 무의식이 그려내는 일종의 은밀한 그림이다. 이순신 장군은 그것에 민감하게 반응한 사람이었다. 『난중일기』를 보면 곳곳에 꿈 이야기가 나오는데, 그는 꿈을 꿀 때마다 그것이 무슨 의미인지 알아보려고 했다. 1597년 10월 14일 자 일기에도 꿈에 관한 언급이 있다.

"꿈을 꿨다. 말을 타고 언덕 위를 가다가 말이 발을 헛디뎌 냇물 속으로 떨어졌지만 거꾸러지시는 않았다. 막내아들 면葂이 나를 안고 부축했다. 그 장면에서 나는 잠이 깨었는데, 무슨 징조인지 알지 못했다." 말에서 떨어지고 막내아들의 부축을 받다니, 상서롭지 않은 꿈인 건 분명했다. 그날 저녁이었다. 천안에서 보낸 편지가 도착했다. 그는 겉봉에 쓰인 통곡慟哭이라는 글씨만 보고도 막내아들이 죽었음을 직감했다.

그는 아들이 자신을 부축하던 꿈을 떠올리며 더 이상 이 세상에 없는 아들을 향해 이렇게 말했다. "내가 죽고 네가 사는 것이 이치인데 네가 죽고 내가 살았으니, 이런 어긋난 이치가 어디 있겠느냐. 천지가 캄캄하고 해조차도 빛이 변했구나. 슬프다, 내 아들아! 나를 버리고 어디로 갔느냐. 영특함이 남달라서 하늘이 이 세상에 머물게 하지 않는 것이냐. 내가 지은 죄 때문에 화가 네 몸에 미친 것이냐."

그는 자식을 잃은 아버지로서 별별 생각을 다 했다. 그럴 리는 없겠지만, 꿈이 암시하듯 자기 때문에 아들이 죽은 게 아닐까 하는 생각까지 했다. 그만큼 감당하기 어려운 충격이었다.

그러나 장수 체면에 드러내놓고 울 수가 없어 염간鹽干, 즉 소금 굽는 사람인 강막지의 집에 가 숨어서 통곡했다. 아들이 전사했다는 편지를 받고는 "간담이 타고 찢어지는 듯"했고 며칠 후에는 "코피가 한 되 남짓" 났지만, 그가 할 수 있는 건 없었다. "면이 죽는 꿈을 꾸고는 목 놓아 울었다"라고 쓰인 11월 7일 자 일기가 말해주듯, 꿈을 꾸는 것이 아버지로서 할 수 있는 전부였는지 모른다. 프로이트의 말처럼, 이때의 꿈은 아들을 살아 있게 하고 싶은 무의식의 발로였다. 현실에서는 아들을 살려내는 게 불가능하니 그것이 가능해지는 꿈을 꾼 것이다. 다시 죽더라도, 죽기 전에는 다시 살아 있는 거니까. 사랑하는 사람을 잃은 많은 사람이 그러듯, 우리의 영웅도 그런 꿈에 의존했다.

●

우리들의 할머니

사랑은 항상 제한적이고 조건적일 것 같지만 그렇지 않은 경우도 있다. 한국계 미국인 리 아이작 정 감독이 〈미나리〉에서 재현하는 사랑이 그러하다. 장르적으로 보면 아주 평범한 영화다. 이민자들의 나라인 미국에서는 차고 넘치는 게 이민 서사다. 이 영화를 평범하지 않게 만드는 것은 낯설고 물설고 말도 설은 곳에서 살아가는 할머니의 존재다.

이와 관련해 놓치기 쉽지만 아주 핵심적인 장면이 있다. 어느 날 잠자리에서 일어난 일이다. "나, 죽기 싫어요." 할머니는 자신과 방을 같이 쓰는 어린 손자의 말에 기겁한다. 손자는 기도를 하면 천국에 갈 수 있다는 어머니의 말에 따라 잠자리 기도를 마쳤다. 그런데 야뇨증이 있는 데다 심장이 좋지 않아 언젠가 수술을 해야 한다고 생각하자 죽는 게 겁이 났던 모양이다. 할머니는 그 말을 듣고 아이를 자기 옆으로 오게 해서 안아준다. "괜찮아. 할머니가 너 죽게 안 놔둬." 할머니는 손자를 안심시키고 재운다.

그런데 아침에 놀라운 일이 벌어진다. 야뇨증이 있는 손자가 아니라 할머니가 이부자리에 오줌을 지린 거다. 알고 보니 뇌졸중이다. 손자의 야뇨증이 사라지고 할머니의 뇌졸중이 시작된 것은 순전히 우연처럼 보인다. 그러나 그것은 무의식의 투영일 수 있다. 손자의 병을 떠맡고자 하는 무의식. 이렇듯 사랑은 의식만이 아니라 무의식에서조차 자신을 내어주려는 마음인지 모른다. 나중에 손자가 심장 수술을 안 해도 된다는 진단을 받을 만큼 건강해진 것도 그러한 사랑의 힘이다. 잘 생각해보면 이민 생활에 지친 딸내외가 갈라서지 않는 것도 결국 그 사랑 덕이다.

자식들을 위해 무의식에서조차 자신을 내어놓는 어머니, 아니, 할머니가 우리 역사에는 유독 많았다. 〈미나리〉는 그분들에 대한 헌사요 애도다. 감독은 우리 역사에서 한 번도 중심인 적이 없던 할머니를 서사의 중심이라고 느끼게 만드는 마술을 부렸다. 이 영화가 따뜻한 이유다.

아버지의 눈

　세계적인 기타리스트이자 가수 에릭 클랩턴이 부른 〈아버지의 눈My Father's Eyes〉은 애절한 노래다. 단 한 번도 만난 적이 없는 아버지를 노래하고 있어서 더욱 그렇다.

　그가 열여섯 살 미혼모에게서 태어났을 때, 2차 세계대전 중 영국에 주둔한 캐나다 병사였던 아버지는 부인에게 돌아가고 없었다. 그에게 아버지는 부재 그 자체였다. 그는 어머니를 누나로 알고 할머니 할아버지 밑에서 자랐다. 아홉 살 때 그 사실을 알고 바위에 내동댕이쳐진 것 같은 충격을 받았다. 그리고 그 상처는 40여 년 후 〈아버지의 눈〉이라는 노래가 되어 세상에 나왔다. 그의 나이 쉰세 살 때였다.

　그는 이렇게 노래한다. "아버지의 눈을 보고/아버지를 어떻게 알아볼까?" 절망스럽다. 본 적이 없어서 당연히 몰라볼 테니 말이다. 그러나 그는 그의 자식('묘목')이 자라는 모습을 보면서 아버지가 자신의 핏속에 내내 "함께 있었다는 것을/조금씩 깨달았다." 함께 있었다면 아버지의 눈도 당연히 '보았을' 터이다. 아버지의 눈을 본 적이 없음에도 '보았다'고 말하는 역설이 조금은 억지스럽지만, 어쩌면 그래서 더 슬픈 노래다.

그런데 놀랍게도 그는 몇 년 후인 2004년에 "상실의 감정이 더 이상 느껴지지 않"는다고 말했다. 다섯 살짜리 아들을 잃고 만든 〈천국의 눈물Tears in Heaven〉과 〈아버지의 눈〉을 더 이상 부를 수 없는 이유를 설명하면서 그렇게 말했다. 그가 2011년 2월 서울 올림픽체조경기장 공연에서 그 노래들을 부르지 않은 것도 같은 이유에서였는지 모른다. 상실의 아픔은 다 어디로 간 것일까. "아무리 고통스러워도 애도는 저절로 끝나게 된다"는 프로이트의 말처럼, 세월이 흐르면서 상처가 조금씩 무뎌지다가 아문 것일까. 노랫말에서 기도한 것처럼 그의 "영혼을 되돌리는 / 치유의 비"가 내린 것일까.

그런 그가 2013년부터 그 노래들을 다시 부르기 시작했다. 그것은 그 자신이 말한 것처럼 이제는 상실의 감정 없이도 그 노래들을 부를 정도로 초연해졌다는 의미일지 모른다. 그런데 그 초연함이, 그러한 감정과의 작별이 왠지 더 짠하게 느껴진다. 그것도 상처의 흔적일 테니까.

●

타자의 눈물

벨기에를 배경으로 하는 조해진 작가의 『로기완을 만났다』에는 해괴한 부탁을 하는 한국교포 의사가 등장한다. 그는 아내와 사별했다. 그런데 그의 아내의 죽음은 자연사가 아니었다. 간암 말기였던 아내가 너무 고통스러워하자 그는 약물과 술을 섞은 잔을 방에 두고 나왔다. 마시고 안 마시고를 아내가 선택할 수 있도록. 결국 아내는 스스로 삶을 마감했다. 이후로 그는 의사 일을 그만두고 지난 5년을 자신의 행동이 옳았는지 수없이 자문하며 살았다.

어느 날 그는 아내를 닮은 화자에게 부탁한다. "생각보다 괜찮았다고, 그리 고통스럽지 않았다고 한번, 말해주겠소?" 약을 마시고 죽어가는 과정이 생각보다 고통스럽지 않았다고 말해달라는 거다. 아무리 아내를 닮았기로서니 화자가 죽은 아내를 어찌 대신할 수 있으며, 죽어보지 않고 죽어가는 경험을 어찌 이야기할 수 있는가.

그러나 화자는 그의 여윈 눈에 고인 눈물을 보고 그 부탁을 외면하지 못한다. 잔을 놓고 나왔다가 다시 아내의 방문을 열었을 때 "그가 마주 봐야 했던 한 생애의 끝과 뼈가 끊어지는 듯한 상실감"을 그의 눈물에서 본 거다. 그녀는 자신이 약을 먹고 죽어가는 그의 아내라고 상상하며 그의 귀에 대고 속삭인다. "가는 내내 잠을 자듯이 편안했"다고, "죽는다는 의식도 없이 모든 것이 자연스러웠으며 고통은 전혀 없었"다고. 그를 위로할 수 있다면 사실이 아닌들 어떠랴. 그러자 그는 눈매나 입매까지 아내를 닮은 그녀의 얼굴을 어루만지며 말한다. "고생했소. 평생을 고생이 많았지." 아내에게 하지 못했던 작별 인사를 이제야 하게 된 것이다.

화자는 전에 그의 이야기를 듣고 "존엄성과 생명을 교환"한 거라고, 즉 살인을 한 거라고 비판했지만, 지금은 그저 안아준다. 안락사의 윤리성이라는 거대담론과는 별개로 그의 눈물 앞에서 판단을 유보한 거다. 이것이 에마뉘엘 레비나스가 말하는 '타자의 눈물'이 발휘하는 위력이다. 그리고 그 눈물에 굴복하는 것이 윤리다.

●

철학자의 어머니

어머니는 병실 커튼을 젖혀달라고 하더니 창밖에 서 있
는 나무의 노란 잎들을 보며 환한 미소를 지었다. "너무 아
름답구나." 딸은 어렸을 때 이후로 어머니가 그런 미소를
짓는 걸 본 기억이 없었다. 그것은 어머니가 젊은 엄마였을
때 짓던 미소였다. 일흔여덟 살의 어머니는 암에 걸려 죽어
가면서 오래전에 잃어버린 미소를 되찾았다.

일종의 페미니즘 교과서인 『제2의 성性』을 쓴 실존주의
철학자 시몬 드 보부아르가 그 어머니의 딸이었다. 딸은 어
렸을 때는 어머니를 좋아했지만 십대에 접어들면서 급격
하게 사이가 나빠졌다. 둘 사이의 불화와 갈등은 영원할 것
같았다. 어머니는 보수적인 가톨릭 신자였다. 신앙을 버리
고 철학자 사르트르와의 계약결혼으로 세상을 발칵 뒤집
어놓은 딸이 너무 못마땅했다. 딸은 딸대로 모든 것을 통제
해야 직성이 풀리는 어머니의 독선과 편견, 편협함이 싫었
다. 그런데 병든 어머니를 간호하는 과정에서 기적 같은 일
이 일어났다. 죽어가는 어머니는 거추장스러운 감정들로

부터 벗어나 순수해졌다. 나뭇잎의 아름다움에 감탄한 것은 그래서였다. 죽음이라는 엄청난 현실 앞에서 독선과 편견, 허세와 원망은 설 자리를 잃었다. 살아남기 위한 몸부림 외에는 아무것도 중요하지 않게 되었다.

보부아르는 『아주 편안한 죽음』이라는 책에서 어머니를 간호하면서 보낸 마지막 6주를 회고하며 어머니를 그리워했다. 마지막까지 죽기 싫다고 몸부림을 치던 어머니가 결국 죽음의 폭력에 굴복하는 모습을 보는 것은 고통스러운 일이었다. 그래도 어머니와 화해하고 서로에 대한 사랑을 확인할 수 있어서 감사했다. 그런데 어머니의 죽음이 충분히 예상된 것이었음에도 텅 빈 병실이 확인해주는 어머니의 부재는 엄청난 상처로 다가왔다. 그 상처는 참을 수 없는 그리움과 회한의 감정과 섞였다. 자신만 살아 있다는 게 죄스러웠다. 보부아르처럼 냉철하고 논리적인 철학자도 어머니의 죽음 앞에서는 정말이지 속수무책이었다. 누군들 그렇지 않으랴.

●

하갈의 눈물

   구약성서에 나오는 하갈의 이야기는 슬프다. 그녀는 아브라함의 아내 사라의 종이었다. 아이를 낳지 못하는 사라에게 등을 떠밀려 아이를 낳아야 했고, 사라가 나중에 아이를 낳자 결국에는 사막으로 쫓겨났다.

   이승우 작가의 소설 「하갈의 노래」는 그러한 슬픈 사연을 형상화한다. 소설은 역사에서 중심인 적이 없던 하위층 여성을 중심에 놓고 어린 아들 이스마엘과 함께 사막에 버려진 여성의 심리를 묘사한다. 그녀는 세상이 원망스럽다. 아이를 낳아달라고 애원하더니 이제는 자기 아들이 생겼다고 위세를 떤 사라, 사라의 말만 듣고 그녀는 물론이고 어린 아들까지 쫓아낸 아브라함, 임신 중에 사라의 질투를 견디지 못해 사막으로 도망갔을 때 그녀의 발길을 돌려세운 신. 모두 원망스럽다. 그러나 원망한들 무슨 소용이랴. 지금은 죽게 생겼다. 아브라함이 준 한 덩어리의 빵과 물은 떨어진 지 오래다. 아들은 이미 쓰러졌다. 그녀는 미친 듯이 물을 찾아다니며 신에게 기도한다. "당신에게 조금이라도 자비심이 있다면, 나는 죽이고 내 아들은 살려주십시오." 그녀의 간절함이 신을 움직였다. 눈앞에 우물이 나타난다. 소설은 신의 사랑을 확인하며 거기서 끝난다.

하갈의 이야기가 어떻게 후대에 전승되었는지 확인하기 위해서는 이슬람권으로 가야 한다. 하갈이 물을 찾아 헤맨 곳은 메카에서 그리 멀지 않은 사파와 마르와라는 두 언덕 사이의 골짜기였다. 쿠란에 "하느님의 징표"라고 언급된 바로 그 골짜기다. 그녀는 물을 찾아 그 골짜기를 일곱 번이나 돌았다. 그래서 이슬람들은 그들의 어머니 하갈이 그랬던 것처럼 그 골짜기를 일곱 번 도는, '사이'라 불리는 의식을 행하며 그녀의 울음과 신의 사랑을 기억한다. 그들의 예언자 마호메트도 생전에 그 골짜기를 돌았다.

누구라도 사막을 헤매며 울부짖는 하갈의 처연한 모습을 보면 마음이 동해, 없던 물도 만들어주고 싶은 마음이 생길지 모른다. 어쩌면 그게 신의 마음이었을지 모른다.

아빠의 낙하산

세월이 흐르고 나이가 들어서야 깨닫게 되는 것들이 있다. 시인이자 반전反戰운동가인 윌리엄 스태퍼드의 「아무 때나Any Time」는 그런 주제를 다룬 시다.

부모는 아이들을 데리고 아이다호의 선 밸리, 소투스로 여행을 간다. 그들의 눈앞에 아름다운 자연경관이 펼쳐진다. 그 모습을 보고 있자니 가슴이 벅차다. 아이들은 경치보다는 흰머리가 나기 시작한 엄마가 아빠의 손을 잡은 모습이 더 흥미로운 모양이다. "수지네 엄마는 흰머리가 안 났어요." 그 말에 낭만적인 분위기가 깨진다. 아이들은 먼 훗날 나이가 들어서야 아빠의 손을 잡고 있던 엄마에게 한 말을 떠올리며 미안해할지 모른다. 그들도 때가 되면 엄마처럼 새치가 날 것이다. 아직 알지 못할 뿐.

그들이 이번에는 아빠에게 말한다. "아빠가 가진 최고의 비밀 하나를 말해주세요." 이런 답변이 돌아온다. "나는 부서진 것들을 가지고 낙하산을 만들었단다. 나의 상처는 나의 방패야." 낙하산은 공중에서 떨어지는 속도를 늦춰 안전하게 땅에 안착하게 해주는 장치다. 그런데 부서진 것들로 어떻게 낙하산을 만들까. 어느 누가 그렇지 않으랴만, 아이들의 아빠도 살면서 많은 상처를 입었다. 그러나 그것 때문에 망가지지 않았고 부서지지도 않았다. 오히려 그를 휘청거리게 만드는 아픈 상처들로 인해 더 강해지고 더 의미 있는 삶을 살 수 있었다. 부서진 것들로 낙하산을 만들었다는 말은 그런 뜻이다. 마음먹기에 따라 아무 때나 어디로든 타고 내려갈 수 있는 낙하산이 되는 상처의 역설. 아빠의 손을 꼭 잡은 엄마에게 친구 엄마는 흰머리가 하나도 없다고 말하는 철없는 아이들이 그러한 비유를 이해하기란 어려운 일이다. 그러나 세상을 살다 보면 그들도 언젠가 그 말의 속뜻을 깨닫게 될지 모른다. 이렇듯 뒤돌아봐야 가슴에 와 닿는 것들이 있다. 낙하산의 비유처럼. 그리고 엄마의 새치처럼.

의미화는 늘 그렇게 뒤에 이루어진다.

의미의 슬픈 지연.

●

"그냥 우세요"*

작가는 때로 자신의 고통을 언어로 파고 새긴다. 도스토 엡스키도 그러했다. 그가 『카라마조프가家의 형제들』을 쓰고 있던 1878년 5월 16일, 막내아들 알료샤가 죽었다. 그에게서 물려받은 간질 때문이었다. 아버지로 인해 아들이 죽은 것이다. 그가 느끼는 고통과 죄의식은 이루 말할 수 없었다. 그것이 그의 소설에까지 파고들었다. 아이를 잃고 비통해하는 어머니가 그의 소설에 등장하게 된 것은 우연이 아니었다. 죽은 아이가 그의 아들처럼 석 달이 모자라는 세 살이고 이름이 알료샤라는 것도 우연이 아니었다.

소설에서 아이를 잃은 어머니는 울기만 한다. 삶은 망가졌고 가정도 망가졌고 집을 나온 지 3개월이나 되었다. 그녀가 조시마 장로를 찾아간 이유다. 그렇게라도 해야 살 것 같았다. 그런데 장로는 의외의 말을 한다. "당신한테 필요

* 『카라마조프가의 형제들』, 김연경 옮김, 민음사, 2007. 이후의 모든 인용은 같은 번역서의 것이다.

한 것은 위로가 아닙니다. 위로받으려 하지 말고 그냥 우세요." 다만 눈물이 나올 때마다 아들이 하느님의 천사가 되어 천국에서 어머니의 우는 모습을 내려다보고 그 눈물에 기뻐하고 있으며 그 눈물을 하느님께 알려주고 있다는 것을 기억하라고 말한다. 굳이 상처를 덮으려고도, 나으려고도 하지 말라는 것이다. 울음은 "상처를 열려고 하는 끊임없는 욕망에서 나오는 것"이니 울음이 나오면 울면 되고, 그 울음이 결국에는 하늘에 있는 아들에게 닿고 자비로운 하느님의 마음을 움직이게 된다는 거다. 그는 위로의 말이 통하지 않는 그녀를 이런 식으로 위로하고 집으로 돌려보낸다.

그러다 보면 비통한 눈물이 언젠가 "조용한 슬픔의 눈물"로 바뀌고 마음의 안식을 찾을 수 있을 거라는 말이다. 사실 그것은 도스토옙스키가 아들을 잃고 고통스러워할 때 옵티나 푸스틴 수도원의 암브로시 장로가 해준 말이었다. 그 말을 기억했다가 소설에 등장하는 조시마 장로의 말로 바꾼 것이다. "위로받으려 하지 말고 그냥 우세요." 위로받으려고 하지 말라는 장로의 말이 그의 고통을 다독였다. 아주 조금은.

●

불편한 쌀밥

『삼국유사』를 지은 고려시대의 승려 일연은 대부분의 삶을 어머니와 떨어져 살았어도 효자였다. 그래서였을까, 그는 『삼국유사』의 마지막에 부모와 자식 이야기를 배치했다. 김부식의 『삼국사기』에도 나오는 그 이야기는 그의 손을 거치며 감동이 더해졌다.

지은知恩이라는 이름의 딸이 나온다. 그녀는 아버지를 일찍 여의고 눈먼 어머니를 모시고 산다. 너무 가난한 탓에 동냥을 해서 어머니를 부양한다. 그런데 지독한 흉년이 들어 그것마저 할 수가 없게 된다. 그러자 그녀는 어느 부잣집에 몸을 팔고 종이 되어 어머니에게 쌀밥을 해드린다. 며칠 후 어머니가 말한다. "전에는 거친 음식을 먹어도 마음이 편했는데 요즘은 좋은 쌀밥을 먹는데도 창자를 찌르는 것처럼 마음이 편치 않은데 어찌 된 일일까." 딸이 사실대로 얘기하자 어머니는 통곡한다. "네가 나 때문에 종이 되었다니 내가 빨리 죽는 게 낫겠다." 어머니도 울고 딸도 운다.

『삼국사기』가 전하는 이야기는 여기까지다. 그런데『삼국유사』에는『삼국사기』에 없는 대목이 나온다. "딸은 어머니가 배불리 먹게 하겠다는 생각만 했지 어머니의 마음을 편안하게 하지 못했다는 자책감에 울었다." 그녀는 자신이 최선을 다한다고 생각했으나 돌아보니 오히려 어머니를 불편하게 만들었다는 것을 깨닫는다. 자기 생각이 짧았음을 깨달은 것이다. 그래서 어머니는 자기 때문에 딸이 종이 된 것을 자책하며 울고, 딸은 향갱香秔, 즉 맛있는 밥보다 강비糠粃, 즉 겨와 쭉정이로 된 거친 음식을 먹을 때가 마음이 더 편한 어머니의 마음을 헤아리지 못한 것을 자책하며 운다. 어머니에게는 딸이, 딸에게는 어머니가 먼저다. 나보다 상대를 먼저 생각하는 마음, 그 사랑의 문법.

『삼국유사』는『삼국사기』와 같은 이야기를 공유하면서도 윤리성의 문제를 더 깊고 심오하게 탐색한다. 일연은 그 이야기를 마지막에 배치하고 사랑은 물질이 아니라 마음의 문제라는 상식적이지만 잊기 쉬운 사실을 환기한다.

●

간지러운 말

서양에서는 가족 사이에 사랑한다는 말을 입에 달고 살 것 같지만 꼭 그렇지만도 않다. 세계적인 법의인류학자 수 블랙이 쓴 죽음에 관한 명저 『남아 있는 모든 것』에는 사랑한다는 말을 하지 못하는 어머니와 딸의 사연이 나온다. 자기 얘기다.

어머니는 죽어가고 있었다. 모르핀을 맞아 혼수상태에 빠져 있었다. 그는 두 딸을 데리고 마지막으로 어머니를 찾았다. 그는 사람이 죽을 때 가장 마지막에 사라지는 감각이 청각이라는 연구결과를 염두에 두고, 열 살과 열두 살인 딸들과 함께 〈사운드 오브 뮤직〉에 나오는 가족처럼 노래를 부르기로 했다. 어머니가 좋아하는 노래도 부르고 스코틀랜드 민요도 불렀다. 의사와 간호사는 세 사람이 화음도 맞지 않게 노래하는 모습을 보고 웃었다. 그들의 노래로 어둡고 우울한 병실 분위기가 한결 밝아졌다.

세 사람은 지칠 정도로 노래를 불렀다. 더 이상 부를 노래가 없었다. 이제는 작별할 시간이었다. 그들은 환자의 손을 잡아주고 입술을 축여주고 머리를 빗겨주었다. 그들의 눈에서 눈물이 쏟아지기 시작했다. 그는 딸들에게 할머니와 둘이 있게 나가서 기다리라고 했다. 그런데 막상 단둘이 있게 되자 말이 나오지 않았다. 그간 고마웠다고, 사랑한다고, 보고 싶을 거라고 말하고 싶었지만 말이 되어 나오지 않았다. "우리 가족은 그런 간지러운 말을 입에 올려본 적이 없었다." 사랑이라는 말이 범람하는 세상이지만 그들 스코틀랜드인들에게는 그 말을 입에 올리는 것이 "외계인을 만난 것만큼이나 기이"한 것이었다. 묘하게도 그들은 표현에 인색한 우리 한국인들을 닮았다. 그런 감정이 없어서가 아니었다. 사랑은 말이 아니라 가슴에서 가슴으로 전해지는 것이어서 그랬다. 자신의 곁을 영원히 떠나는 어머니를 향해 딸이 느끼는 감정은 사랑이라는 말로는 표현할 수도 담아낼 수도 없는 것이었다. 이것이 언어의 한계다. 우리 인간이 가진 가장 중요한 상징이라는 언어가 가진 한계. 우리는 종종 그걸 잊는다.

●

어머니의 그림

고통의 산물임이 분명함에도 한없이 따뜻하게 느껴지는 그림이 있다. 국립현대미술관 '이건희 컬렉션 특별전'에서 일반에게 공개되었던 이성자 화가의 〈천년의 고가古家〉가 그렇다. 그가 진주에서 살았던 옛집을 형상화했다는 그림이 왜 그러한지 알기 위해서는 그의 삶 속으로 들어가야 한다.

그가 이 그림을 그린 것은 1961년이다. 어쩔 수 없이 이혼한 상황에서 세 아들을 한국에 두고 프랑스로 떠난 지 정확히 10년 되는 해였다. 그는 처음에는 아이들이 눈에 밟혀 일이 손에 잡히질 않았다. "그래서 더욱 그림에 매달렸어요. 내가 붓질 한 번 더하는 것이 아이들 옷 입혀 학교 보내는 것이고, 밥 한술 떠먹이는 것이라고 자기최면을 걸었죠." 그림이 그에게는 아이들을 대신하는 상징물이었다. 그림이 아이들을 대신할 수는 없었지만 그렇게라도 생각해야 했다. 그러면서 아이들을 향한 그리움이 그림으로 바뀌었다. 자신의 상처만을 생각하면 그림의 색조가 어둡고 각이 져야 했지만 그에게는 아이들을 향한 따뜻한 마음이 먼저였다. 상처는 안으로 숨어들었다. 그의 그림이 따뜻하게 느껴지는 이유다. 〈천년의 고가〉라는 제목이 아니라면 무엇을 그렸는지 알 수 없는 추상화지만, 그래도 분명한 것은 붓질이 수만 번 더해지면서 생성된 따뜻함이 아들들을 위한 어머니의 마음이었다는 거다. 프랑스 국적을 취득하지 않은 것도 아이들이 살고 있는 곳을 등지지 않으려는 마음 때문이었다. "우리 아아들이 한국에 있은께네."

　보통 사람 같으면 무너졌을 상황에서 그를 구한 것은 예술이었다. 미당 서정주가 그의 그림을 보고 "돗자리를 엮은 것도 같고, 모내기를 한 것도 같다"라고 한 것은 그림의 외적 형상만이 아니라 이면에 있는 화가의 심리까지 예리하게 짚어낸 표현이었다. 실제로 화가는 돗자리를 엮거나 모내기를 하듯 그림, 아니, 아이들을 가꿨다. "작품이 완성되면 우리 아들이 되는 거야." 붓질 한 번 한 번이 간절한 기도였고 그 기도에 예술이 응답했다.

2부

타자에 대한 연민이 세상을 변화시킨다

세상에서 가장 큰 눈물방울

유년의 순수함에 관한 이야기는 늘 뭉클하고 아련하게 다가온다. 우리의 순수한 옛 자아에 관한 것이라서 더욱 그러한지 모른다. 이야기는 새끼 제비에서부터 시작된다. 착한 흥부에게 기적의 박씨를 물어다 주던 제비가 아니라 그냥 평범한 제비.

제비 부모는 새끼들이 태어나자 열심히 먹이를 잡아 나른다. 그런데 그들이 잡아 온 배추흰나비 애벌레가 새끼들이 "오두방정을 떠는 바람에" 바닥으로 툭 떨어진다. 잡히지 않았으면 나비가 되었을 애벌레는 그렇게 떨어져 죽는다. 죽은 애벌레 주변으로 개미들이 모여든다. 배가 고픈 그들은 애벌레를 집으로 끌고 가려 하지만 "아기 주먹만 한 도톰한 흙 언덕 경사"로 인해 애를 먹는다. 그들에게는 애벌레가 시시포스의 바위와 다를 바 없다. 산 정상에 바위를 올려놓으면 아래로 미끄러져 다시 올리는 일을 반복해야 하는 시시포스처럼 그들은 애벌레를 끌어올리는 일을 반복한다.

여기서부터는 인간의 이야기. 아이가 쪼그려앉아 그 모습을 물끄러미 바라보고 있다. 그런데 아이의 두 눈에 눈물이 맺혀 있다. 윤재웅 시인의 산문시「세상에서 가장 큰 눈물방울」이 펼쳐 보이는 애잔한 풍경이다. 시인은 아이를 '어린 스님'으로 설정해 불교의 가르침을 환기한다. "알머리가 아직도 파르스름한 어린 스님이 그앞에 쪼그리고 앉아 두 눈에 눈물방울 그렁그렁 매달고 내려다봅니다."

아이의 눈물은 『열반경』에서 말하는, 인간 내면에 있는 불성佛性에서 나오는 눈물이다. 인간만이 아니라 개미 같은 생명으로까지 무한히 확장되는 연민의 마음, 누구나 붓다가 될 수 있는 그 마음이 우리 안에 있다는 말이다. 영국 시인 윌리엄 워즈워스는 그러한 윤리적 충동을 신에게서 온 것이라고 했다. 아이가 배추흰나비 애벌레와 개미를 보고 우는 것은 그러한 충동의 산물이다. 세상 이치를 몰라서 우는 게 아니다. 깊어서 우는 거다. 어른이 아이한테 배워야 하는 이유는 이것으로 충분하다.

●

무반주 음악처럼

시작은 그리 아름다운 얘기가 아니다. 열일곱 살에 덜컥 임신한 여학생 얘기니까. 그렇게 만든 남자는 어딘가로 가고 없다. 아이를 가졌다는 말을 듣자 어머니는 꼴 좋다며 딸을 쫓아낸다. 무책임한 아버지는 가출하고 없다. 학생은 선생님을 찾아가 도움을 청한다. 늙은 아버지를 모시고 혼자 사는 선생님은 자기 집에 들어와서 살라고 한다. 여기서부터 이야기에 아름다움이 조금씩 붙기 시작한다.

그런데 선생님의 아버지가 정신이 온전치 않다. 노인은 재산을 훔치러 들어왔다며 아이를 구박하고 폭력으로 대한다. 고민을 거듭하던 선생님은 시골에 사는 두 노인한테 도움을 청한다. 농사를 짓고 소를 치는 노인 형제. 톨스토이의 『전쟁과 평화』에 나오는 순박한 농민을 닮은 그들은 엉겁결에 아이를 받아들인다. 오갈 데 없다는데 어쩌겠는가. 그런데 그들은 어렸을 때 부모가 교통사고로 돌아가신 후로 학교를 안 다니고 외톨이로 살아서 목장과 농장 일말고는 아는 게 없다. 평생을 그렇게 살았다. 여자와 살아

본 적도 없다. 무슨 얘기든 해서 아이의 마음을 편하게 해주고 싶은데 방법을 모른다. 그래서 처음에 아이한테 기껏한다는 얘기가 곡물과 소에 관한 얘기다. 콩과 소의 가격이 어쩌고저쩌고…….

그렇게 어색한 순간들을 거치면서 그들의 집은 서서히 아이의 집이 되고, 그 아이가 그곳에서 학교를 마저 다니다가 낳은 아이의 집이 된다. 그들은 부모보다 더 부모가 되어준다. 생물학적 가족이 해체된 자리에 새로운 형태의 가족이 들어선다. 황야의 무법자처럼 살아온 두 노인에게도 변화가 생긴다. 소들을 돌보던 그들이 인간을 돌보면서 평생 자신들에게 붙어 있던 외로움을 떨쳐낸다. 그들에게 타자는 지옥이 아니라 구원이다.

켄트 하루프의 소설 『플레인송』에 나오는 이야기다. 그레고리오 성가 같은 무반주 종교음악처럼 소박하고 꾸밈없고(플레인) 순수한 사람들. 그런 사람들이 있어서 그래도 세상은 살 만한 것인지 모른다.

●

강아지의 슬픈 눈

늘 그런 것은 아니지만, 슬픔은 때로 인간을 깊게 만든다. 유년 시절의 슬픔은 더 그럴지 모른다. 예민한 마음에 더 단단히 자리를 잡고 더 오래 머무니까.

이탈리아의 비평가이자 문헌학자 안토니오 프레테가 그랬다. 어렸을 때 그의 집에는 알리라는 이름의 귀여운 강아지가 있었다. 그는 지금도 알리를 생각하면 두 개의 상반된 모습을 동시에 떠올린다고 한다. 하나는 화사한 햇볕이 내리쬐는 오후, 올리브나무들 사이 그의 옆에 누워 있던 알리의 모습이다. 그보다 더 평화로울 수 있을까 싶은 목가적인 풍경. 그런데 그것과는 다른 모습이 거기에 겹친다. 그다음 날 본 알리의 슬픈 눈이다.

슬픈 사연은 이랬다. 알리가 광견병에 걸린 유기견과 싸우다가 물려 상처를 입었다. 어른들은 광견병이 아이들에게 전염될지 모른다고 생각하고 알리의 "생명을 거두기로 결정"했다. 그때 소년은 탁자의 다리에 묶여 있던 알리의 눈을 바라보았다. 그 눈은 인간이 정한 자신의 운명을 알고 있는 눈이었다. "끝없는 슬픔"과 "온 세상의 고통"이 그 눈에 담겨 있었다. 인간의 것과 크게 다를 바 없는 슬픔과 고통.

그는 성인이 되어서도 슬픔과 고통으로 일렁이던 강아지의 눈빛을 잊지 못했다. 그것은 평생 아물지 않은 상처였다. 그가 고통을 주제로 한 『동정에 대하여』라는 책에서 마지막 장을 동물의 고통에 할애한 것은 그 상처에서 비롯했다. 동물원 사업, 오락성 사냥, 생체해부, 육식을 위한 도살 문제까지 깊이 성찰하게 된 것은 그 상처 때문이었다. 그런다고 무슨 해결책이 나오는 것은 아니었지만, 그래도 그는 물음을 포기하지 않았다. "생명에 대한 얼마나 큰 동정 혹은 사랑이 있어야 과연 이 무분별한 고통의 생산 과정에 제동을 걸 수 있을 것인가?" 동물을 포함한 타자의 고통에 대한 관심은 이렇듯 강아지의 눈에서 시작되었다. 그 눈에 담긴 슬픔과 고통이 그를 깊고 따뜻한 사유로 이끌었다.

●

깨진 도자기의 은유

적절한 은유로 사람을 설득하는 재주를 가진 사람들이 있다. 조앤 핼리팩스도 그런 사람이다. 숭산 스님의 제자였고 세계적인 선사禪師이며 작가이자 뛰어난 의료인류학자인 그가 들고 나온 긴쓰기金継ぎ 은유에는 묘한 설득력이 있다.

익히 알려진 것처럼 긴쓰기는 깨진 도자기를 붙이는 일본식 기법을 일컫는다. 깨진 자리를 옻 접착제로 붙이고 이음매를 금가루로 메워 도자기를 복원하는 기술이다. 그것은 깨졌던 흔적을 감추지 않고 드러내어 도자기에 새로운 정체성을 부여한다. 같으면서도 다르고 다르면서도 같은 데서 생성되는 아름다움.

핼리팩스는 긴쓰기를 인간의 삶에 대한 은유로 삼는다. 수선된 도자기는 그에게 "허약하고 불완전하지만 동시에 아름답고 강인한 인간의 마음"을 은유한다. 상처로 갈라지고 깨지고 부서진 인간의 마음도 도자기처럼 어떻게든 다시 붙이면 더 아름답고 더 강해지는 법이니까. 그렇다고 이것이 모든 경우, 모든 상처에 적용될 수 있다는 말은 아니다. 감당할 수 없는 상처에 저당 잡힌 삶을 살아가는 사람들에게는 너무 잔인한 말일 테니까. 그리고 깨지더라도 적당히 깨져야 수선이 가능할 테니까. 다만 적절한 상황에서는 상처와 고통이 "바람에 흔들리지 않고 굳건히 서 있을 수 있는 더 큰 능력을 개발하는" 계기가 될 수도 있다는 말이다. 수선된 도자기가 그러하듯 옛날 그대로 돌아갈 수야 없겠지만, 상처에도 불구하고, 아니, 어쩌면 상처가 있기에 예전의 자신과는 다른 아름다움과 가치를 지닌 인간이 될 수도 있다는 말이다.

일본 여행을 자주 했던 핼리팩스는 수선된 흔적이 있지만 여전히 아름다운 도자기에서 상처의 치유에 대한 은유를 발견한다. 상처를 받는 것이 피할 수 없는 숙명이라면, 깨진 도자기가 긴쓰기를 통해 온전해지듯 우리도 그 상처를 감추거나 거부하지 말고 일종의 긴쓰기로 삼아 우리의 마음을 '수선'하여 더 단단하고 귀한 존재가 되자는 것이다. 참 따뜻하고 지혜로운 사유다.

고래의 산후조리

　그리움은 사랑의 대상으로부터 떨어져 있기에 발생하는 감정이다. 이민자들이 모국을 그리워하는 것은 그 거리 탓이다. 그나마 그들을 모국과 이어주는 문화가 있다는 게 위안이라면 위안이다. 예를 들어, 대부분의 한국인들은 어디에 살든 생일날에 미역국을 먹는다. 그게 문화다. 재미교포 에밀리 정민 윤의 시 「시간, 고래 속에서Time, in Whales」는 그 문화에 관한 속 깊은 이야기를 펼쳐 보인다.

　화자에게는 좋아하는 사람이 있다. 한국인이지만 한국어를 잘 모르는 이민자다. 그가 '물오르다'라는 말을 속삭이자, 화자는 나무에 물이 오르는 봄이 되면 그의 생일이라는 사실을 떠올린다. 그때가 되면 "우리는 미역국을 먹고 우리의 피에 산소를 공급하게 되겠지." 생일에 미역국을 먹는 걸 보면 그들은 영락없는 한국인이다. 한국어가 조금 서툴더라도 미역국이 그들을 한국으로 이어준다. 미역국 문화는 그들이 어디를 가든 따라다니는 움직이는 고향이다. 화자는 연인에게 말한다. "당신은 한국인들이 그렇게 하는 것이 / 수백 년 전에 고래들이 새끼를 낳고 미역을 먹는 것을 보았기 때문이라는 것을 알아?"

이 시가 환기하는 것은 미역국과 관련된 신화다. 조선 시대 실학자 이규경의 『오주연문장전산고』에 나오는 산부계곽변증설産婦鷄藿辨證說, 즉 임산부가 먹는 닭고기와 미역국 이야기. 누군가가 물속에 들어갔다가 고래의 뱃속으로 빨려 들어갔는데 새끼를 막 낳은 어미 고래의 뱃속은 미역으로 가득했다. 미역으로 인해 악혈, 즉 굳은 피가 묽고 맑아져 있었다. 그는 뱃속에서 나와 그 사실을 사람들에게 알렸다. 그래서 아이를 낳은 후 계鷄, 즉 닭을 먹는 중국인들과 달리, 한국인들이 곽藿, 즉 미역을 먹게 됐다는 거다.

그런데 그런 지혜로움을 전해준 고래들이 해변으로 밀려왔다. 시인은 "그 고래들이 더운 겨울 속에서 죽어가고 있다"는 사실에 주목한다. 지구 온난화 탓이다. 시인은 어느 사이에 모국과 모국어에 대한 그리움을 묵시적인 환경 문제와 연결시킨다.

●

코끼리의 애도

　슬픔에 잠긴 존재는 다른 존재의 슬픔에 유독 민감하게 반응한다. 시가 팔리지 않는 시대에 『흩어짐*A Scattering*』이라는 시집으로 2009년 코스타 북 상을 수상한 영국 시인 크리스토퍼 리드도 그러했다. 시집의 제목이면서 표제작이기도 한 「흩어짐」은 다른 존재의 슬픔을 응시하는 슬픈 시인의 모습을 보여준다.

　여기에서 다른 존재란 코끼리다. 그의 시 속 코끼리가 우리의 가슴을 먹먹하게 하는 것은 코끼리의 애도에 시인의 애도가 겹치기 때문이다. 그의 시 첫 행("여러분은 그 장면을 보았을 겁니다.")이 말해주듯, 코끼리가 애도하는 모습은 우리가 마음만 먹으면 유튜브에서 쉽게 확인할 수 있는 장면이다.

　코끼리들이 지나가다가 길가에 있는 동족의 뼈를 발견하고 걸음을 멈춘다. 그들이 생전에 알고 지냈을 죽은 코끼리의 뼈, 살은 파먹히고 한 무더기의 뼈로 남은 코끼리의 잔해. 코끼리들은 뼈를 둘러싸고 침묵에 빠진다. 그런데 그들 중 하나가 뼈들을 만지기 시작한다. 코로 말아서 엄니까지 들어올리거나 좌우로 흔들기도 하고, 뒷발로 조심스럽게 건드리기도 한다. 그 모습이 어쩐지 숙연하고 슬프게 느껴진다. 그것은 애도가 인간의 전유물이 아니라는 증거일까. 시인은 코끼리가 뼈를 만지고 흩어놓는 것이 그들만의 "오랜 의식", 즉 애도의 방식일지 모른다고 생각한다. 몸집과 슬픔이 비례하는 것은 아니겠지만, 코끼리의 거대한 몸집이 슬픔의 크기를 말해주는 것만 같다. 거대한 "슬픔의 몸."

시인은 동족의 뼈를 대하는 코끼리들의 행동을 보면서 사랑하는 아내를 잃고 절망적인 슬픔에 빠져 있는 자신을 돌아본다. 그도 코끼리를 닮고 싶다. 침묵 속에서 뼈들을 만지작거리고 흩어놓으며 동족을 애도하는 코끼리들처럼, "슬픈 생각들을 새롭고 희망적으로" 배열하며 사랑했던 사람을 기억하고 싶다. 그러니 코끼리들의 "혼이여, 나를 안내해주소서." 죽음은 끝이 아니라 기억의 시작이니까.

●

20세기에 부치는 노래

낮은 자 중에서도 더 낮은 사람들이 있다. '로마'가 바로 그러한 사람들이다. 로마라고 하면 이탈리아 로마를 떠올리겠지만, 유랑의 삶을 사는 집시를 뜻하는 말이다. 2차 세계대전 중 나치가 유대인, 정신질환자와 더불어 말살하려고 했던 사람들. 그들은 스스로를 집시가 아닌 로마라는 명칭으로 부른다.

스스로를 문명사회라고 일컫는 유럽은 로마에 대해서는 문명인의 자격을 잃는다. 그들은 나치에 희생당한 유대인들의 눈물은 닦아주면서도 로마들에게는 그러지 않았다. 20세기는 누구의 눈물이냐에 따라 눈물에 등급을 매기는 야만의 시대였다. 정확하진 않지만 전체 인구의 3분의 1인 50만 명에 이르는 로마들이 나치의 손에 죽었다. 그러나 유럽은 그들을 위로하기는커녕 그들의 집에 불을 지르고 쫓아내 중금속으로 오염된 곳에 살게 하고 어떤 곳에서는 여성들에게 불임수술을 시켰다. 그들은 세상으로부터 버림받은 사람들이었다. 그래서 로마 시인 레크사 마누시는 「20세기에 부치는 노래」에서 20세기가 그들에게 해준 게 뭐냐고 물었다. "우리의 어두운 삶에 햇빛을 가져다줬습니까?/우리 여자들의 눈에서 눈물을 닦아줬습니까?" 이런 상황이니 아이들도 아이들답게 살 수 없었다. 그래서 또 다른 로마 시인 마테오 막시모프는 아이의 목소리로 이렇게 말했다. "내 나이의 다른 아이들은 서로를 사랑하며 놀지만/나는 울어야 합니다./다른 것은 가진 게 없으니/당신에게 눈물을 팔겠습니다."

그렇다면 21세기라고 다를까. 지금도 눈물에 등급을 매기는 건 마찬가지다. 예를 들어 폴란드인들은 우크라이나 전쟁으로 인해 자국으로 몰려오는 난민들을 환대하면서도 로마는 냉대한다. 인종이 다르다는 이유로 로마 난민을 냉대하는 이중성은 폴란드만이 아니라 유럽 전역, 아니, 전 세계의 현실이다. "20세기여/그대는 슬픈 로마 사람들을 위해 뭘 준비해놓았습니까?"라는 마누시의 항변이 21세기에도 여전히 유효한 이유다.

●

"엄마가 부끄럽지 않아요"

딸이 '양공주'라는 말을 입에 올리자, 어머니는 "그건 나쁜 말"이라고 한다. 딸은 떨리는 목소리로 말한다. "그 말이 그런 식으로 쓰여온 건 알지만, 내가 글쓰기를 통해 그 의미를 바꾸려고 해요." 고통스러운 대화다. 어머니는 미국으로 건너오기 전 '양공주'였고 딸은 그러한 삶에서 태어난 혼혈아였다. 어머니는 미국으로 오면서 그 말을 묻어두려 했는데, 딸은 대학원까지 들어가 그 말을 다시 파내고 있다. 어머니는 그것을 얼룩이라고 생각하고, 사회학자인 딸은 그것을 얼룩이 아니라 시대와 전쟁과 국가의 잘못이라고 생각한다.

딸이 이 문제에 집착한 것은 이십대 초반에 자기 어머니가 그런 여성이었다는 이야기를 들었을 때부터다. 부모의 교육열 덕에 브라운 대학교와 하버드 대학교를 나온 그녀는 보수적인 성향이 덜한 뉴욕시립대학교 대학원에 들어가 기지촌 여성들의 삶을 사회학적 관점에서 조명하는 박사 논문 쓰는 일에 착수했다. '양공주'라는 과거에 결국 조현병까지 얻은 어머니의 트라우마를 이해하기 위한 7년에 걸친 작업이었다. 어머니의 삶이 딸의 지적 탐색의 주제가 된 것이다.

그녀가 '양공주'라는 말을 어머니에게 처음으로 꺼낸 것은 박사 학위 논문을 마치고 그것을 책으로 출간하기 위해서였다. 어머니가 싫다고 하면 출간하지 않을 생각이었다. 그러나 어머니는 양공주라는 말에 거부감을 보이면서도 논문 출간을 반대하지 않았다. "나는 엄마가 조금도 부끄럽지 않아요"라는 딸의 말에 불안감을 떨쳐냈는지 모른다. 그렇게 해서 나온 책이 『한인 디아스포라의 출몰』이다.

뉴욕시립대학교 교수인 사회학자 그레이스 M. 조가 전미도서상 후보였던 『전쟁 같은 맛』*에서 털어놓은 가정사다. 돌아가신 어머니에 대한 그리움으로 가득한 『전쟁 같은 맛』은 '양공주'라는 말의 의미를 성공적으로 바꿔놓는다. 그러면서 그것은 그녀의 어머니만이 아니라 그런 삶을 살아야 했던 한국 여성들, 우리 사회가 보듬지 않고 괄시하고 모욕하고 내치기만 했던 여성들에 대한 뒤늦은 애도가 되었다.

---

* 책 제목은 분유에서 "전쟁 같은 맛"이 난다는 어머니의 말에서 착안한 것이다. 분유는 미국이 가난한 한국인들에게 식량 원조로 준 구호품이었다. 그런데 한국인들이 필요로 했던 것은 분유가 아니라 쌀이나 보리였다.

●

편지 대필

 『몽실 언니』로 유명한 작가 권정생은 생전에 편지를 많이 썼다. 아동문학가 이오덕과 30년에 걸쳐 주고받은 편지들을 모은 서간집 『선생님, 요즘은 어떠하십니까』는 그것을 생생하게 증언한다. 편지들은 그의 삶과 문학, 고뇌와 사유를 보여주기에 부족함이 없다.

 그런데 그는 자신의 편지를 쓴 만큼, 아니, 그것보다 더 많은 편지를 대필해주었다. 시골에서 살았던 그는 글을 모르는 사람들이 부탁하면 시간을 쪼개어 대필을 해주었다. 예를 들어, 윗마을 할머니가 베트남전에 참전한 아들과 서신 연락 하는 것을 도맡아 해주었다. 매월 한 번씩 오는 아들의 편지를 할머니에게 읽어주는 것도, 그 편지에 답장을 하는 것도 그의 몫이었다. 심지어 아들의 전사 통지서까지 읽어줘야 했다. 편지를 읽어줄 때마다 그리움에 울던 할머니는 사랑하는 자식을 잃자 어미의 피울음을 울었다. 그 고통과 눈물을 나눠 갖는 것도 그의 몫이었다.

 그는 대필을 "흡사 그 사람의 대리 역할을 하는 일종의 연극배우가 되는 일"이라고 했다. 편지를 부탁한 사람의 감정까지 전달해야 하는 힘든 일이었다. 그것은 자기를 언어로 표현하지 못하는 이 세상의 낮은 자들을 향한 너그러움이 없으면 불가능한 일이었다. 그리고 그 너그러움이 곧 그의 문학이었다. 자기표현에 능하지 못한 사람들을 위해 편지 대필을 해준 것처럼, 그는 이 세상의 약자들에게 자신을 빌려줬다. 이것이 서러운 삶을 살아야 했던 몽실 언니와 같은 사람들이 그의 이야기에 자주 등장하는 이유다.

　그는 아프고 가난하고 외롭고 서러운 사람들의 편이었다. 그러면서 그들이 자신의 펜 끝에서 나오는 서러운 이야기를 통해 위로받기를 바랐다. 서러움을 통한 서러움의 치유라고나 할까. 자신이 모은 돈과 인세를 세상의 '낮은' 아이들을 위해 쓰라는 유언을 남긴 작가, 그가 쓴 이야기들의 밑바닥에는 편지 대필에서 엿볼 수 있는, 힘없는 타자들에 대한 너그러움이 있었다. 정말이지 문학원론이 따로 없다.

●

도스토옙스키의 양파

예술가들은 자신이 말하고자 하는 것을 효과적으로 전달하기 위해 우화를 활용한다. 도스토옙스키의 『카라마조프가의 형제들』에 나오는 우화는 그 좋은 예다.

어떤 사악한 여자가 사람들에게 못된 짓만 하다가 죽었다. 그러자 악마들이 여자를 불 속에 던져버렸다. 수호천사가 여자를 가엾이 여겨 그녀가 생전에 텃밭에 있는 양파 한 뿌리를 뽑아 거지에게 준 적이 있다며 신에게 선처해달라고 했다. 신은 여자를 그 양파로 끌어올릴 수 있으면 그렇게 해보라고 했다. 천사가 양파를 내밀자 여자가 붙잡고 올라오기 시작했다. 그런데 여자가 올라가는 것을 보고 다른 죄인들이 매달렸다. "이건 너희들 것이 아니고 내 양파야." 여자는 이렇게 말하면서 그들을 걷어찼다. 그러자 양파가 끊어지면서 여자는 다시 불 속으로 떨어졌고, 천사는 울면서 그곳을 떠났다.

중요한 것은 양파가 아니라 그 속에 담긴 연민의 마음이었지만, 여자에게는 그것이 없었다. 다른 사람들과 함께라면 가능했을지 모르지만, 여자는 자신만을 생각한 나머지 구원의 가능성을 스스로 차단해버렸다.

소설의 내용과 결부하자면, 이것은 그루셴카라는 여자가 자신을 사악한 여자에 빗대어 자학하며 알료샤에게 이야기해준 우화다. 그루셴카가 누구인가. 표도르와 그의 큰아들 드미트리가 서로를 질투하게 만들어 카라마조프 집안을 쑥대밭으로 만든 여자였다. 그 집안의 막내아들이자 수도사인 알료샤마저 파멸시킬 계획을 세우고 라키트카라는 남자에게 그를 데려오면 돈을 주겠다고 제안한 여자였다. 실제로 그녀는 알료샤가 집으로 오자 그의 무릎에 올라앉아 그를 유혹하려 했다. 우화에 나오는 사악한 여자와 다를 것이 없었다.

그러나 그녀는 조시마 장로가 죽었다는 말을 듣고 알료샤의 무릎에서 내려왔다. 절대적으로 믿고 따르고 존경했던 장로의 죽음으로 인해 절망하고 있는 그를 향한 안쓰러운 마음에서 그렇게 한 것이다. 그녀는 우화에 나오는 사악한 여자가 아니었다. 그녀가 보내는 연민의 눈길을 대하는 순간, 알로샤는 모두가 "더러운 여자"라고 생각하는 그녀에게서 "사람을 사랑할 줄 아는 보물 같은 영혼"을 발견했다. 두 사람은 서로를 향한 안쓰러운 눈길과 몇 마디 말을 붙들고 그들이 빠져 있던 극단적인 자학과 불신, 절망의 늪에서 나올 수 있었다.

그렇다. 타자를 향한 아린 마음이 발휘하는 놀라운 힘. 이것이 도스토옙스키가 양파의 우화를 통해 전하고자 한 메시지였다. 아니, 어쩌면 그의 소설들을 관통하는 메시지인지 모른다.

●

미안함의 기록

타자에 대한 연민은 예술의 기본이다. 함민복은 그 기본에 충실한 시인이다. 그에게는 인간만이 아니라 동물도 연민의 대상이다.

어느 날 시인은 화장실을 가다가 밭둑에서 뱀과 마주쳤다. 해로우니 죽여야겠다는 생각밖에 없었다. 뱀은 어느 사이에 구멍 속으로 3분의 2쯤 들어가 있었다. 그는 막대기로 뱀을 눌렀다. 결국 뱀은 꼬리가 잘린 채 안으로 들어갔다. 그는 구멍에 불을 질러 죽일까 하다가 그렇게 하지는 않았다. 뱀은 닷새를 안에서 견디다가 밖으로 나와 죽었다. 그 사이에 새끼들은 살아남아 다른 곳으로 빠져나갔다. 그는 미안했다. 그 마음이 시를 낳았다. 그는 "뱀을 볼 때마다/소스라치게 놀란다고/말하는 사람들"과 "사람들을 볼 때마다/소스라치게 놀랐을/뱀, 바위, 나무, 하늘"을 대비하며 자신에게서 타자로 중심을 이동시킨다.

그는 「반성」이라는 시에서도 미안한 마음에 중심을 이동시킨다. "늘/강아지 만지고/손을 씻었다/내일부터는 손을 씻고 / 강아지를 만져야지." 강아지를 만지고 손을 씻는 것은 내가 먼저라는 말이고, 손을 씻고 강아지를 만지는 것은 강아지가 먼저라는 말이다. 시인은 늘 자기가 먼저였던 것이 미안했다. 그 마음이 시가 되었다.

노루 사냥에 얽힌 산문도 미안함의 산물이다. 어느 가을, 시인은 마을 사람들과 더불어 논에서 노루를 몰아 잡으려 했다. 그러나 날쌘 노루를 잡는 것은 불가능한 일이었다. 당연히 놓쳤다. 그런데 도망갔던 노루가 얼마 후에 돌아와 무성한 벼 속으로 숨어드는 게 아닌가. 옳거니 싶었다. 그런데 노루를 향해 포위망을 좁혀갈 때 가까이에서 다른 노루가 튀어나갔다. 두 마리였던 것이다. 도망쳤던 노루는 그 노루 때문에 돌아온 것이었다. 사람들은 미안했는지 작대기를 내렸다. 시인은 그 마음을 언어로 기록했다.

이렇듯 예술은 때때로 이 세상의 낮고 힘없는 존재, 즉 타자를 향한 미안함과 연민의 기록이다.

●

치유의 거부

증오에서 증오를 배우는 사람이 있고 사랑을 배우는 사람이 있다. 그것을 결정하는 것은 그 사람의 그릇이다. 알제리 출신의 프랑스 철학자 자크 데리다는 증오에서 사랑의 윤리를 캐낸 사람이었다.

그는 공부를 잘하는 학생이었다. 프랑스 식민지였던 알제리 초등학교에서는 일등을 하는 학생들이 돌아가면서 국기를 게양했다. 그런데 데리다의 차례가 됐을 때 다른 학생이 대신 그 일을 했다. 그가 유대인이어서 그랬다. 그가 차별을 당한 것은 그 일만이 아니었다. 식민정부는 유대인 학생들을 제한하기 위한 할당제를 도입했다. 나중에는 그것마저도 반으로 줄였다. 그의 표현대로 "검고 매우 아랍인 같고 키 작은 유대인"이었던 그가 1942년 10월에 중학교에서 쫓겨난 이유다. 이듬해 4월에 다시 학교로 돌아갔으니 불과 몇 개월이었지만, 그 일은 열두 살짜리 소년에게 큰 상처가 되었다.

그가 철학자가 되어 말하고 쓴 모든 것에 그 상처가 남았다. 조금 과장하면 그 상처가 철학의 출발점이었다. 상처는 그에게 증오에 대한 맞대응을 가르치지 않았다. 원한이나 열등감을 가르치지도 않았다. 자민족 중심주의를 가르치지도 않았다. 그것이 가르친 것은 타자에 대한 환대의 정신이었다. 그가 진정한 환대는 환대할 수 없는 것을 환대하는 것이라면서 인간만이 아니라 동물을 포함한 모든 것을 환대하자고 말한 것도 그 상처가 있었기에 가능한 일이었다. 유대인인 그가 이스라엘이 팔레스타인인들에게 가하는 폭력에 분개한 것도 그래서였다. 그는 역사적으로 수난을 당한 유대인들이 다른 민족을 수난으로 몰아넣는 모순과 위선을 싫어했다.

그는 상처를 윤리학의 초석으로 삼은 따뜻한, 정말이지 따뜻한 철학자였다. 오죽하면 모든 사유가 그 상처에서 연유한다고까지 말했을까. 그는 성장하면서 자신의 상처에 약을 바를 필요가 없다고 생각했다. 굳이 나으려고도 하지 않았다. 역설적이게도 그의 치유는 치유의 거부에 있었다. 그릇이 큰 사람이어서 가능한 일이었다.

●

곤장을 버리다

　권력은 엄하고 차가운 것이 속성이지만 따뜻한 옷을 입을 때가 있다. 조선의 문호 연암 박지원이 입은 옷이 그러했다. 그의 아들 박종채가 지은 『과정록過庭錄』*을 보면 연암은 관리로서 곤장형을 내리는 일을 몹시 괴로워했다. 어쩔 수 없이 곤장을 쳐야 하는 경우에는 나중에 "반드시 사람을 보내 맞은 곳을 주물러 멍을 풀어주게 했다." 그렇다고 그가 완벽했던 것은 아니다. 그 또한 공자의 말이 절대적 진실이라고 믿는 시대의 독선과 완고함으로부터 자유롭지 못했다. 그가 살던 시대에 만인이 평등하다는 생각은 탄압과 탄핵의 대상이었다. 시대의 한계였고 시대에 순응한 그의 한계였다. 그러나 그는 어떤 경우에도 따뜻함을 잃지 않았다.

　그가 1797년부터 1800년까지 충청도 면천 군수로 있을

＊　『나의 아버지 박지원: 과정록』, 박종채 지음, 박희병 옮김, 돌베개, 1998.

때였다. 그곳에는 천주교를 믿는 사람들이 많았다. 그는 조상에게 제사 지내기를 거부하고 만인을 평등하게 생각하는 천주교인들이 아비와 임금도 몰라보는 위험한 사람들이라고 생각했다. 그것은 그가 섬기는 임금 정조와 주류 지식인들의 생각이기도 했다. 그는 그들을 중죄인으로 다스려야 했다. 그러나 그들을 잡아들여 곤장을 치는 마음은 편치 않았다. 그가 당시에 관찰사에게 보낸 편지를 보면, 그들을 때리고 윽박지르고 협박하는 것은 "형벌을 남용하는 것일 뿐만 아니라 관官과 민民이 서로 다투는 일"이었다.

그는 곤장을 버렸다. 그리고 매일 밤 업무가 끝나면 교인들을 불러 상담을 했다. 그들이 어렵게 말문을 열면 "그 말의 실마리를 좇아 묻고 타이르고 이끌고 설명하기를 반복"했다. 모진 형벌에도 꿈쩍 않던 그들이 그가 조곤조곤 타이르는 말에 마음을 열었고 일부는 울기까지 했다. 신유박해, 즉 1801년의 천주교도 박해 때 면천군에서 단 한 명의 희생자도 나오지 않은 것은 그러한 노력 덕이었다. 비록 그는 가부장적인 성리학과는 세계관 자체가 다른 종교의 본질을 이해하지 못했지만, 그러한 한계에도 불구하고 따뜻함을 잃지 않았다.

●

신의 눈물을 닦아주다

1951년 4월 18일, 인도인들의 스승 비노바 바베는 어느 마을에 머물고 있었다. 밑바닥에서도 밑바닥이고 타자 중에서도 타자인 불가촉천민들이 사는 마을이었다. 그들이 찾아와 작은 땅이라도 있으면 좋겠다고 말했다. 그들의 탄원서를 주정부에 전달하겠다고 약속하는 것 말고는 그가 해줄 수 있는 일이 없었다. 그런데 그 자리에 있던 누군가가 100에이커(약 12만 평)의 땅을 내놓겠다고 했다. 예기치 않은 일이었다. 하늘의 계시가 아닌가 싶을 만큼 감동적이었다. 그가 그날 밤 잠을 이룰 수 없었던 이유다. 어떻게든 그 눈부신 감동을 이어가고 싶었다.

그는 다음 날부터 자신을 환영하는 사람들에게 꽃다발 대신 땅을 달라고 했다. 부단 운동은 그렇게 해서 시작되었다. 그의 나이 쉰다섯 살 때였다. 부단은 산스크리트어로 땅을 의미하는 '부'와 나눔을 의미하는 '단'이 합해진 말이다. 그는 걷고 또 걸으면서 부단 운동을 이어나갔다.

그는 가난한 사람을 "가난한 사람의 형상을 입고 온 신"

이라고 생각했다. 그래서 그의 말을 듣는 군중에게 가족이 넷이라면 가난한 사람을 다섯째 가족으로 여기고 그에게 신의 몫만큼 떼어주라고 말했다. 신을 굶주리게 해서는 안 될 일이지 않은가. "우리 앞에 굶주리는 신께서 계십니다. 그분은 소젖을 짜지만 우유를 마시지 못하고, 과일 농장에서 일하지만 과일을 먹지 못하며, 밀밭에서 일하지만 여전히 굶주리십니다. 머리를 가려줄 지붕도 없습니다. 그렇게 굶주리고 목마르고 집 없는 신께서 우리 앞에 서 계십니다."*

그가 벌인 운동은 "나를 먹이고 내게 옷을 다오. 나는 추위에 떨고 있다"라고 말하는 가난한 신의 호소를 사람들에게 전파하는 운동이었다. 세상의 온갖 궂은일을 도맡아 하면서도 사람대접을 받지 못하는 불가촉천민들의 아픔은 신의 아픔이었고 그들의 눈물은 신의 눈물이었다. 그가 발이 부르트도록, 정말이지 부르트도록 걸은 것은 신의 눈물을 닦아주기 위해서였다.

---

* 『아이들은 무엇을 어떻게 배워야 하는가—비폭력 교육혁명가 비노바 바베의 배움과 삶, 교육 이야기』, 비노바 바베 지음, 김성오 옮김, 착한책가게, 2014.

10실링이 남긴 상처

　소년은 생일날 어머니한테 받은 10실링으로 친구들에게 한턱 내기로 했다. 그는 가장 친한 친구 셋과 함께 카페에 들어가 아이스크림과 초콜릿 과자를 주문해 먹기 시작했다. 친구들에게 그런 호의를 베풀고 있으니 왕자라도 된 것 같았다. 그러나 그 기분은 오래가지 않았다. 남루한 옷차림의 아이들이 창문 밖에서 그들을 부러운 눈으로 바라보고 있었다. 그 아이들은 유색인이었고 소년과 친구들은 백인이었다.

　그 일은 소년에게 또 다른 사건을 떠올리게 만들었다. 에디라는 이름의 유색인 아이가 그의 집에서 설거지와 청소를 하며 산 적이 있었다. 에디의 어머니는 그 대가로 매월 10실링을 우편환으로 받았다. 그는 생일이면 10실링을 받는데, 동갑내기 에디는 10실링 때문에 어머니와 떨어져 살았다. 그 생활이 너무 힘들었던지 에디는 두 달이 지난 어느 날 밤에 도망을 쳤다. 아침에야 그 사실이 드러났다. 경찰이 풀숲에 숨어 있던 아이를 잡아 데려왔다. 그런데 에디에게 벌을 준 사람은 경찰이나 소년의 부모가 아니라 그 집에 하숙하고 있던 영국인이었다. 영국인은 에디가 자신의 토요일 아침을 망쳤다며 벌을 주겠다고 자청했다. 소년은 자기에게 자전거 타는 법을 가르쳐주고 잔디밭에서 씨름을 하며 함께 놀던 에디가 가죽 채찍으로 종아리를 맞는 모습을 몰래 지켜보았다.

어른이 되려면 아직 멀었지만 세상은 소년이 보기에도 불공평했다. 백인 아이들이 아이스크림과 과자를 먹는 모습을 부러운 눈으로 지켜보던 유색인 아이들, 무자비한 채찍질에 눈물콧물로 범벅이 된 에디. 10실링에 얽힌 두 일화는 세상이 정의롭지 못하다는 걸 이미 보여주고 있었다. 큰 상처였다. 소년은 훗날 소설가가 되어 그 상처의 의미를 파고들었다. 『야만인을 기다리며』, 『마이클 K의 삶과 시대』, 『추락』과 같은 위대한 소설들이 거기서 태어났다. 2003년에 노벨 문학상을 수상한 남아프리카공화국 소설가 존 쿳시가 그 소년이었다.

●

천 개의 태양

"내가 카불을 떠난다니 믿기지 않는구나. 나는 여기에서 학교를 다녔고 첫 직장을 잡았고 아빠가 되었다." 그는 이렇게 말하며 시를 암송했다. "지붕 위에서 희미하게 반짝이는 달들을 셀 수도 없고／벽 뒤에 숨은 천 개의 찬란한 태양들을 셀 수도 없네." 카불의 아름다움을 노래한 17세기 페르시아 시인 사이브 에 타브리지의 시였다. 그는 전에는 전체를 다 외웠는데 지금은 두 줄만 생각난다며 소리 없이 울었다. 그가 그토록 사랑하는 카불을 떠나 파키스탄으로 가기로 한 것은 두 아들을 전쟁터에서 잃었는데 이대로 있다가는 딸까지 잃을 것 같아서였다. 그런데 떠나는 날 아침 포탄이 날아와 터지면서 위층에 있던 그와 부인이 죽고 아래에 있던 딸만 간신히 살아남았다.

할레드 호세이니의 소설 『천 개의 찬란한 태양』은 그렇게 고아가 된 소녀와 또 다른 기구한 여성의 이야기를 교차시킨다. 스토리는 잔혹한 전쟁이나 정치가 아니라 두 여성의 고단한 삶과 눈물, 인간애에 초점을 맞춘다. 그러므로

『천 개의 찬란한 태양』이라는 제목은 "전쟁과 폭력과 광기 속에서도 끝내 살아남은 아프간 여성들의 내면"에 대한 은유다.

2021년 탈레반이 정권을 잡으면서 호세이니의 소설들이 다시 주목을 받고 있다. 그런데 정작 그는 자신을 아프간 대변인으로 생각하지 말라고 당부한다. 카불에서 태어났지만 1980년에 미국으로 망명해 살아왔으니 정치적 시각에 한계가 있다는 겸손한 고백이다. 그러니 자신의 소설에서 정치가 아니라 인간을 보라는 말이다. 마찬가지로 그는 텔레비전에 나오는 탈레반, 테러리즘, 근본주의, 마약, 여성에 대한 폭력, 아수라장이 된 카불 공항과 같은 부정적 이미지에 휘둘리지 말고 아프가니스탄이 "아름답고 겸손하고 호의적이고 매력적인 사람들이 사는 아름다운 나라"라는 것을 잊지 말라고 호소한다. 전쟁의 폭력과 광기를 견뎌냈고 이후로도 견뎌야 할 아프간 사람들, 그들의 내면에 있는 찬란한 태양을 보아달라는 거다.

●

노비가 된 여인들

"차라리 셰익스피어를 못 읽고 괴테를 몰라도 이것은 알아야 한다." 함석헌의 『뜻으로 본 한국역사』를 절반쯤 읽다 보면 나오는 말이다. 여기서 '이것'은 사육신의 기개를 일컫는다. "저것도 사람이냐 하는 생각"이 들 정도로 "충신을 죽이고 의사義士를 죽이고, 나이 어린 조카와 동생도 개돼지 잡듯 죽이고" 임금이 된 자에게 맞섰던 사육신, 죽음 앞에서도 의연했던 그들의 기개가 저자에게는 "오백 년 부끄러움의 시대"를 만회할 수 있는 "만장의 기염"이었다. 민족과 국가를 거시적으로 바라보려는 결기가 느껴지는 대목이다.

그런데 그의 거대담론에는 빠진 것이 있다. 여자들의 고통이다. 세조는 1456년 9월, 단종 복위 사건 주모자들의 집안 여자들을 공신들에게 나눠주었다. 영의정에서 도승지에 이르기까지 그의 수하들이 적게는 두 명에서 많게는 여섯 명에 이르는 여자들을 물건처럼 받았다. 영의정 정인지는 박팽년의 아내를 포함하여 넷을 받았다. 170명에 달하는 여자들이 노비가 되어 그렇게 배분되었다. 그들의 삶이 얼마나 치욕스러운 것이었을지 감히 상상도 할 수 없지만, 그리스 비극 작가 에우리피데스의 『트로이의 여인들』은 그 것을 조금이나마 유추할 수 있게 해준다.

그리스 연합군은 트로이 전쟁에서 승리하자 트로이 남자들을 다 죽였다. 왕에서부터 어린아이까지 죽여서 후환의 소지를 없앴다. 여자들은 죽이지 않는 대신 노예로 삼았다. 일부는 제비뽑기로 주인을 배정하고 일부는 장수들이 자기들 마음대로 골라서 가졌다. 그들은 노예가 되고 성적 노리개가 되었다. 트로이는 그들의 울음소리로 가득했다. 엇비슷하지만, 세조는 이민족이 아니라 자국민을 상대로 그렇게 했다.

『트로이의 여인들』은 그러한 여인들에 대한 애도였다. 그런데 우리는 사육신은 애도하면서도 그 여성들에 대해서는 애도하지 않는다. 그들의 이야기를 하는 한국의 에우리피데스가 필요한 이유다. 그것만이 그 여성들을 위한 애도와 치유의 길이다.

●

아이의 나무 도장

　아이들에게 어두운 역사를 말해주는 건 쉬운 일이 아니다. 사실적으로 말하자니 너무 폭력적이고, 침묵하자니 너무 무책임해 보인다. 권윤덕 작가의 어린이용 그림책『나무 도장』은 이런 고민에서 시작된다.

　제주도를 배경으로 어머니와 딸이 등장한다. 혈연관계가 아닌 두 사람이 모녀가 된 사연이 기구하다. 어머니는 4·3 사건의 와중에 좌익이라는 누명을 쓰고 가족을 모두 잃었다. 혼자라도 살아남은 것은 친정오빠가 경찰이어서 가능했다. 그런데 낯선 아이가 그녀의 딸이 된 것도 오빠 때문이었다. 그가 군인들과 함께 한라산 동굴에 숨은 사람들을 밖으로 끌어냈을 때였다. 어미의 품에 매달린 아이가 그를 빤히 쳐다보았다. 그는 아이의 눈길을 외면할 수 없었다. 나중에 지서에 돌아가서도 그 눈길로부터 자유롭지 못했다. 아이가 살아 있을지 모른다는 생각이 들었다. 날이 어둑해지자 그는 여동생과 함께 밭담으로 달려갔다. 아이는 죽은 어미의 치마폭에 싸여 살아 있었다. 그날 밤, 경찰관과 여동생은 잠든 아이를 보면서 밤새도록 울었다. 경찰관은 무릎을 꿇고 오열했다.

아이의 손에 들린 나무 도장은 그들을 더 슬프게 만들었다. 아이의 어미는 도장을 아이의 손에 쥐여주면서 갖고 있으면 아빠를 만날 수 있으니 꼭 쥐고 있으라고 했을 터였다. 경찰관과 여동생은 도장 주인을 찾아보았지만 아이 아빠와 가족들은 죽고 없었다. 오누이가 가족을 잃은 아이에게 엄마와 외삼촌이 된 것은 그래서였다. 그들은 매년 아이를 데려온 날이면 제사를 지낸다. 그날이 아이의 어미가 세상을 떠난 날이기도 하니까.

가슴이 아려오고 고통스럽지만 그래도 따뜻한 이야기다. "잘잘못을 넘어선 들판 / 나, 그곳에서 그대를 만나리라"라는 페르시아 시인 루미의 시구처럼, 『나무 도장』은 이념이나 옮고 그름을 넘어선 지점을 택해 아이들에게 역사를 가르친다. 아픈 역사를 들추면서도 인간애를 이야기하다 보면 상처도 아물 것이다. 언젠가는.

●

아버지의 품격

그는 어린 아들이 거지들을 가리키며 부끄러운 줄도 모르고 구걸을 업으로 삼는다고 말하자 "그들의 마음을 읽는 것은 네 일이 아니다. 네 일은 의심하는 것이 아니라 베푸는 것이다"라며 꾸짖었다. 또한 그는 노동자나 도로 청소부가 같이 식사하자고 하면 고급 정장을 입었으면서도 땅바닥에 앉아 한두 입 먹고 그들이 눈치채지 못하게 접시 밑에 지폐를 슬그머니 밀어넣은 뒤 맛있게 먹었다며 일어서는 사람이었다. 사소한 말이나 행동을 통해 드러나는 인간의 품격이랄까.

그는 이전에 리비아 장교였다가 강제로 전역을 당하고 정권의 볼모가 되어 말단 외교관으로 유엔본부에 잠시 파견된 적이 있었다. 그는 뉴욕에서 첫 출근을 하다가 끔찍한 사고를 목격하게 되었다. 자전거를 탄 사람이 눈앞에서 대형 트럭에 치여 처참한 모습으로 죽었다. 그 자리를 피할 만도 한데, 그는 살과 뼛조각을 하나하나 줍기 시작하더니 도로 위에 놓인 "시신의 몸통 옆에 경건한 자세로 갖다 놓았다." 죽은 사람, 아니, 생명에 대한 예의였다.

쿠데타로 집권한 카다피는 그러한 품성을 지닌 사람을 가만두지 않았다. 그가 반체제 활동을 하자 카다피 정권은 1990년 이집트 카이로로 피신해 살고 있던 그를 납치해 아부살림 감옥에 가뒀다. 아내와 두 아들은 그를 영영 보지 못했다. 1996년 아부살림 감옥에서 1200여 명의 정치범들과 함께 학살당했지만, 독재정권은 그의 시신조차 가족에게 넘겨주지 않았다. 그렇게 그와 그의 가족에게 애도받고 애도할 권리를 박탈했다. 42년 동안 리비아를 통치한 카다피와 그의 정권이 결여한 것은 품격이었다.

『남자들의 나라에서』라는 소설을 썼고 2017년에 회고록 『귀환』으로 퓰리처상을 수상한 소설가 히샴 마타르가 행방불명된 그 사람의 아들이다. 『귀환』은 아버지를 찾아 헤맨 몇 십 년간의 고통스러운 기록이다. 그래도 그것이 아들에게는 위로라면 위로였다. 적어도 그 기록 속에는 아버지가 살아 있으니까.

호스 보이

아이가 이웃집 말들이 있는 곳으로 달려가더니 벌렁 드러누워 킥킥 웃었다. 발굽에 짓밟힐지 모르는 위험한 순간이었다. 그런데 말들은 꼼짝도 하지 않았다. 다섯 마리 중 두목에 해당하는 사나운 암말이 머리를 낮추더니 아이를 핥았다. 자발적인 복종의 표시였다.

놀라운 일이었다. 그 아이가 누구인가. 말귀를 못 알아듣고, 여섯 살이 되도록 대소변을 가리지 못하고, 틈만 나면 찢어지는 소리로 악을 쓰는 아이였다. 자폐증 때문이었다. 그런데 말이 그에게 복종한 것이다. 말이 부모보다 아이를 더 잘 이해하는 걸까. 아이 부모는 자폐증이 있는 동물학 교수에게 자문했다. "동물들은 이미지로 생각을 해요. 저도 그렇고 많은 자폐아들도 그렇고요. 동물들은 시각적인 사고를 해요. 그래서 자폐증이 있는 사람들은 종종 동물들과 잘 통해요." 아이의 변화를 끌어낸 것은 말만이 아니었다. 아이는 보츠와나에서 온 부시맨 샤먼들과 함께 있을 때도 상태가 좋아졌다. 부모는 지푸라기라도 잡고 싶은 마음으로 말들의 고향 몽골에 가보기로 했다. 통장을 털어 비행기 표를 샀고, 다른 경비는 그 과정을 기록하겠다는 집필 제안서로 조달했다. 말과 샤먼을 믿는다는 게 황당했지만 "당신이 할 수 있는 최악의 것은 아무것도 하지 않는 것"이라는 동물학 교수의 충고를 따르기로 했다.

그런데 놀라운 일이 생겼다. 말을 타고 산을 넘어 순록 부족의 샤먼을 만나고 돌아오는 길에 아이가 대소변을 가리기 시작했다. 건네는 말에 응답도 하고 고질적인 울화가 폭발하지도 않았다. 샤먼의 예언대로였다. 루퍼트 아이잭슨은 아들 로완의 자폐증이 호전되는 과정을 『호스 보이*The Horse Boy*』라는 논픽션으로 펴냈다. 자신의 것이 아니면 타인의 상처와 고통마저도 소비하려 드는 세상이지만, 자폐아를 자식으로 둔 부모의 절망과 몸부림과 지극한 사랑은 소비되기를 거부한다. 그들의 이야기를 읽으면서 그것이 자기 일이 될 때까지는 관심을 두지 않는 우리의 부끄러운 모습을 돌아보게 된다.

●

사진의 윤리

미국의 유명한 보도사진 편집자 도널드 R. 윈슬로는 어느 날 한 통의 전화를 받았다. 전화를 한 사람은 〈사이공의 즉결처형〉으로 유명한 세계적인 사진기자 에디 애덤스였다. 그는 조만간 자신이 죽으면 〈사이공의 즉결처형〉에 대한 언급을 자제해달라고 간곡히 부탁했다. 두 사람의 죽음과 관련된 사진으로 기억되고 싶지 않다는 거였다.

그가 말하는 두 사람은 응우옌 응옥 로안 남베트남 장군과 그의 총에 죽은 베트콩 포로 응우옌 반 렘이었다. 실제로 죽은 사람은 한 명이었지만, 그는 장군도 그 사진으로 죽었다고 생각했다. "두 사람이 그 사진에서 죽었어요. 장군은 베트콩을 죽였고, 나는 카메라로 장군을 죽였어요." 양민 학살의 주모자인 베트콩 포로가 처형된 상황이 사진의 자극적인 이미지 때문에 어디론가 사라지고 결과적으로 장군만 사악한 인물로 부각했다는, 그래서 자기가 죽인 거나 마찬가지라는 자책이었다. 그가 종군 사진작가로서 따라다니며 알았던 장군은 결코 그렇지 않았지만, 그 사진이 그에게 지울 수 없는 낙인을 찍었다.

비록 전쟁의 야만성을 환기하면서 반전여론에 불을 지피고 퓰리처상까지 받은 사진이었지만, 그는 죄의식을 느끼게 하는 끔찍한 사진으로 기억되고 싶지 않았다. "나는 한 사람이 다른 사람을 죽이는 것을 보여주는 것으로 돈을 받고 있었습니다. 두 생명이 파괴되었고 나는 그 대가로 돈을 받고 있었습니다." 그렇다면 그는 무엇으로 기억되고 싶어했을까. 남베트남의 패망 직후 베트남을 탈출해 바다 위를 떠도는 난민들('보트 피플')을 찍은 사진들로 기억되고 싶었다. 그 사진들로 미국 의회와 정부를 움직여 미국이 20만 명 이상의 베트남 난민들을 받아들이는 데 공헌한 것으로 기억되고 싶었다.

그의 전화는 의도와는 다른 이미지로 고착되어 소비되면서 결국에는 반쪽의 진실만을 이야기하는 사진의 위험을 환기한다. 그것은 자기로 인해 상처받은 타인들을 배려하는 최소한의 윤리적 몸짓이었다.

눈물의 문

팔레스타인인들에게 3월 30일은 '욤 알아르디', 즉 '땅의 날'이다. 이스라엘이 유대인 정착촌 건설을 위해 땅을 몰수하기 시작하자 팔레스타인인들이 파업과 시위로 맞서며 저항했던 1976년 3월 30일을 기리는 '땅의 날.' 2018년에는 공교롭게도 그날이 예수의 십자가 수난일인 '성聖금요일'과 겹쳤다.

2018년 3월 30일 가자 지구의 팔레스타인인들이 이스라엘과의 접경지역에서 시위를 시작하자, 이스라엘군이 시위대에 발포를 하면서 17명이 죽고 1400명이 넘는 사람들이 다쳤다. 죽은 사람 중에는 스물여덟 살의 젊은이 지하드 아부 자무스도 있었다. 그는 두 딸의 아빠였다.

그의 두 딸이 엄마 품에서 울고 있는 사진이 3월 31일 자「가디언」을 비롯한 세계의 주요 일간지에 실렸다. 왼쪽에 있는 아이는 아빠의 죽음을 애도하는 사람들을 바라보며 울고, 오른쪽에 있는 아이는 하늘을 향해 애원이라도 하듯 위를 올려다보며 울고 있다.

이스라엘은 아버지를 잃고 우는 그런 아이들을 또 만들어낼 것이고, 유엔을 포함한 세계는 반세기가 넘게 그래왔듯 또 속수무책일 것이다. 자신들을 안아주고 보호해줄 아버지를 잃은 아이들에게는 어떤 삶이 기다리고 있을까. 그들은 아버지의 부재를 어떻게 견디고, 얼마만큼의 눈물을 더 흘리게 될까.

유대교 신비주의 경전인 '조하르'에 따르면, 신이 머물던 "성전이 파괴된 날부터 천국에 이르는 모든 문들이 닫혔지만 눈물의 문들은 닫히지 않았다"고 한다. '눈물의 문'을 지키는 천사들이 고통과 슬픔을 겪는 사람들을 위해 쇠창살과 자물쇠를 부수고, 그들의 눈물이 천국 안으로 들어가 신에게 다다를 수 있게 해준다고 한다.

사진 속 두 아이의 눈물이라면, 천국의 닫힌 문을 열어젖히고 신의 마음을 흔들어놓기에 충분하지 않을까. 팔레스타인인들을 억압하는 유대인들의 경전에 나오는 이야기라는 사실이 조금 걸리지만, 아버지의 죽음 앞에서 슬피 울고 있는 아이들에게 조금이라도, 정말이지 조금이라도 위로와 위안이 된다면 누구의 경전이든 무슨 상관이랴.

김시습의 눈

　스토리는 상처를 직접 이야기하기도 하지만, 때로는 그것을 어딘가에 숨겨놓고 시치미를 떼기도 한다. 김시습의 『금오신화』가 좋은 예다. 다섯 편의 단편소설 중 고려 시대의 남원을 배경으로 하는 「만복사저포기」가 특히 그러하다.

　이 소설은 처음에는 인간이 귀신을 사랑하는 허무맹랑한 이야기로 다가온다. 귀신이 나오니 으스스할 것 같지만 전혀 그렇지 않다. 주인공 양생은 아름다운 여자 귀신을 만나 사랑에 빠진다. 물론 처음에는 그녀를 인간으로 알고 사랑한다. 그러나 그녀가 귀신이라는 것이 드러나도 그는 사랑을 멈추지 않는다. 그에게 이승과 저승의 경계는 아무 의미가 없는 것처럼 보인다.

　그런데 주목할 것은 여인이 죽은 경위, 즉 귀신이 되어 떠도는 경위다. 양반집 딸이었던 그녀는 2년 전 왜적이 침략했을 때 죽었다. 어떻게 죽임을 당했는지 구체적으로 나와 있지는 않지만, 분명한 것은 여자가 외세의 침입 때문에 죽었고 급박한 난리 통에 제대로 된 장례식도 없이 허겁지겁 매장됐다는 사실이다. 남원 총각 양생이 사랑하는 대상은 그 여자의 귀신이다.

이쯤 되면 「만복사저포기」는 인간과 귀신의 사랑 이야기라는 외양을 택하면서 시치미를 떼고 있지만 실상은 외세의 침략에 관한 이야기요, 궁극적으로는 그것으로부터 피해를 입은 여성(들)의 상처에 관한 이야기가 된다. 『금오신화』에 수록된 또 다른 단편소설 「이생규장전」에 홍건적의 난 때 죽은 여자 귀신이 나오는 것도 마찬가지다.

그런데 왜 하필 여자 귀신일까? 역사에서 이중 삼중의 피해를 당한 것은 거의 언제나 여자들이었기 때문이다. 식민주의자들은 땅을 유린하고 그 땅의 여자들을 유린했다. 이것은 세계의 모든 식민주의자들이 따르는 문법이었다.

작가는 스토리의 형식을 빌려 그 야만적인 문법에 유린당한 여성들의 상처를 간접적으로나마 환기하고 그들을 애도하는 것으로 보인다. 그러니 인간과 귀신의 사랑 이야기는 실제로는 그 여성들에 대한 애도의 이야기인 셈이다.

●

밥 한 그릇*

    우리를 위로하는 것은 거창한 것이 아니라 소소한 것일 때가 많다. 그래서 누군가가 주는 한 그릇의 밥이 경우에 따라서는 허기만이 아니라 외로움까지 달래주고, 세월이 흐른 후에는 삶을 지탱해주는 소중한 기억이 되기도 한다. 김지하 시인의 「손님」은 그 소중한 기억에 관한 시다.

    한 사람이 있다. 그는 몹시 외롭다. 먼 길을 온 탓인지 배까지 고프다. 배가 고프니 더 외로운 것인지도 모른다. 그때 전봇대 위에 앉아 있던 까치가 운다. 까치가 울면 반가운 사람을 만난다고 했던가, 정말로 누군가가 앞에 나타난다. "전봇대 위에 까치 울고 / 문득 앞에 와 서던 / 키 큰 당신." 그 사람을 만나고 그의 눈을 바라보는 것만으로도 가슴이 설레고 벅차오른다. 그러자니 이유도 모르면서 자신이 풋풋하고 자랑스럽기까지 하다. 그 사람이 내어준 따뜻

---

    * 『환대예찬』(왕은철 지음, 현대문학, 2020)에 수록된 내용을 수정한 글임.

한 밥을 먹자 외로움과 시장기가 사라진다. "기억한다／그 때／나 몹시도／외롭고 시장했던 것／밥 한 그릇／당신." 이 토록 따뜻한 밥, 따뜻한 기억이 또 있을까.

시인은 밥 한 그릇에 외로움과 시장기를 해소하는 화자 의 모습을 보여주면서, 그러한 환대와 그것에 대한 기억이 얼마나 큰 위로와 삶의 버팀목이 될 수 있는지 뭉클하게 이 야기한다. 화자가 느끼는 외로움과 시장기는 은유적인 의 미에서 보면, 다른 사람과의 관계에서만 충족될 수 있는 내 면의 갈증이다. 우리는 늘 그렇게 외롭고 배고픈 존재이고, 그래서 누군가의 환대를 필요로 하는 손님인지 모른다.

우리가 받은 사랑이 다른 사람을 사랑하는 힘의 원천이 듯, 누군가의 환대를 받은 사람은 스스로도 때가 되면 누군 가를 손님으로 맞아 환대를 베풀게 된다. 그리고 그 손님은 다시 누군가에게 따뜻한 밥 한 그릇을 챙겨주는 '당신'이 되어 누군가의 허기와 외로움, 내면의 갈증을 풀어준다. 그 렇게 되면 그것은 더 이상 소소한 밥이 아니라 삶의 삭막함 과 비정함을 걷어낼 만큼 크고 풍성한 성찬이 된다. 밥 한 그릇, 당신.

●

로벤 섬의 굴욕과 용서

어느 날 그들이 그에게 땅을 파라고 했다. 그가 명령에 따라 무덤 모양으로 땅을 파자, 이번에는 안으로 들어가 누우라고 했다. 그는 이제 죽는구나 싶었다. 그런데 그들이 바지의 지퍼를 열고 그의 몸에 소변을 누기 시작했다. 모욕도 그런 모욕이 없었다.

그 일이 일어난 곳은 남아프리카공화국의 로벤 섬이었다. '그들'은 백인 교도관들이었고 '그'는 수감자인 넬슨 만델라였다. 교도관들은 만델라가 다른 수감자들의 존경을 한 몸에 받는 지도자임을 알고 그와 수감자들의 기를 꺾어버릴 생각이었다.

보통 사람이 남들이 지켜보는 가운데 그렇게 모욕적인 오줌발을 몸에 받았다면 악에 받쳐 이를 갈며 복수를 꿈꿨을지 모른다. 그런데 27년을 감옥에 있다가 세상 밖으로 나온 만델라에게는 분노도, 원한도 없었다. 심지어 대통령이 되자 이전에 자기를 감시하던 백인 교도관을 취임식에 초대했다. 놀라운 용서와 화해의 몸짓이었다.

무엇이 그를 그토록 너그럽게 만들었을까. 태생적으로 너그러운 사람이었을까? 아니다, 고통이 그를 그렇게 만들었다. 종신형을 선고받고 로벤 섬에 들어갔을 때, 그는 분노로 가득한 전투적인 사람이었다. 당연했다. 백인들은 흑인들을 인간으로 취급하지 않았고, 법이라는 것은 외양만 갖췄지 정의에 대한 조롱이고 모독이었다. 그러니 분노는 당연했다. 그런데 오랜 세월에 걸친 감옥 생활을 통해 그는 용서와 아량을 배웠다. 독방에 갇혀 사는 고통스러운 삶이 그에게 "자신의 모든 행동을 매일 성찰하고 나쁜 것은 버리고 좋은 것은 개발할 기회"를 주었다. 그는 용서 없이는 자기 나라에 미래가 없다는 것을 깨달았다.

교도관들의 모욕적인 행위가 대변하는 백인들의 폭력에 그가 똑같은 방식으로 응수했다면 어떻게 되었을까. 눈에는 눈, 이에는 이, 즉 폭력의 악순환만 있었을 것이다. 용서가 미래였다. 용서할 수 없는 것을 용서하는 것이 그에게는 진짜 용서이자 미래였다. 놀라운 용서의 정치학이다.

●

조선의 슬픈 과부

일제에 국권을 상실한 조선은 슬프고 외롭고 비참했다. 스코틀랜드 화가 엘리자베스 키스의 눈에 비친 모습은 그러했다. 그가 한국에 온 것은 1919년 3월 28일이었다. 3·1 운동으로 한국인들이 무자비한 탄압을 받을 때였다. 그는 한국인들이 태극기를 흔들며 평화롭게 만세를 불렀을 뿐인데도 고통을 당하는 모습을 보며 마음이 아팠다. 노골적인 모욕에 속수무책인 모습을 보면서도 마음이 아팠다. 일본 경찰은 한국 남자들의 흰옷에 잉크를 뿌렸다. 한글을 금지한 것과 마찬가지로 민족적 정체성을 말살하기 위한 치졸한 짓이었다. 화가인 그는 외로운 한국인들에게 "세상의 따뜻한 눈길이 머물 수 있게" 하고 싶었다.

그렇다고 고난의 현장을 그릴 수는 없었다. 그랬다가는 추방당할 것이었다. 한국인 밀정이 어디를 가든 그를 따라다녔다. 그가 1946년에 펴낸 『올드 코리아』*에 수록된 그림들이 말해주듯 한국인들의 옷, 집, 풍습, 문화의 아름다움이 주된 소재가 된 것은 그래서였다. 따뜻한 눈으로 바라보고 그릴 뿐이었다. 이것이 그가 할 수 있는 전부였다.

그런데 〈과부〉라는 제목의 그림만은 예외였다. 얼핏 보면 지극히 평범해 보이지만 사실은 한국인의 고난을 상징하는 그림이었다. 그림 속의 여인은 남편을 사별한 과부였다. 남편의 죽음은 틀림없이 3·1운동과 관련이 있었다. 여인 스스로가 감옥에서 고문을 당하다가 막 풀려난 상태였다. 그런데 여인이 슬퍼하는 건 남편 때문만이 아니었다. 독립운동에 가담했다가 일본 경찰에 붙잡혀 언제 돌아올지, 아니, 살아서 다시 볼 수 있을지조차 알 수 없는 외아들 때문이기도 했다. 여인의 얼굴 표정은 충격이 너무 큰 탓인지 의외로 평온해 보인다. 그래서 더 슬프다. 키스는 이 그림에서 식민지의 심리적 현실을 기막히게 포착했다. 그림은 이중 삼중의 슬픔과 고난에도 맘껏 울 수 없었던 식민지인들의 심리적 현실을 지금도 증언한다. 은유적인 의미에

＊　1946년에 출판된 『올드 코리아』의 원제목은 '올드 코리아: 고요한 아침의 나라 *Old Korea: The Land of Morning Calm*'였다. 그림은 엘리자베스 키스가 그리고, 작품에 대한 간략한 설명을 제외한 대부분의 글은 그의 언니인 엘스펫 키스 로버트슨 스콧이 썼다. '올드 코리아'를 보완한 번역서의 서지사항은 다음과 같다. 『영국 화가 엘리자베스 키스의 올드 코리아』(송영달 옮김, 책과함께, 2006). 옮긴이 송영달은 한국과 관련된 키스의 다른 그림들을 찾아낸 재미교포이다.

서 보면, 나라를 잃은 조선인들 모두가 그림 속 슬픈 과부
였다.

●

국가에도 마음이 있어야

소포클레스의 『필록테테스』는 『오이디푸스 왕』이나 『안티고네』보다는 덜 알려졌지만 마음의 상처에 대해 심오한 통찰력을 보여주는 작품이다.

필록테테스는 트로이 전쟁에 참여했던 그리스군 장수였다. 그가 트로이로 가는 도중에 독사에게 발을 물렸다. 고통으로 울부짖는 소리와 상처에서 나는 지독한 악취가 모두를 질겁하게 만들었다. 그가 방해가 되자 그들은 그를 무인도에 버리고 떠났다. 그래서 그는 10년을 동굴에서 살았다. 목이 마르면 빗물을 받아 먹고, 배가 고프면 활로 날짐승이나 들짐승을 잡아서 먹었다. 상처는 아물지 않았다. 고통이 주기적으로 찾아와 발을 잘라내고 싶을 정도로 그를 고통스럽게 했다. 더 힘든 것은 배반감으로 인한 마음의 상처였다. 그는 증오로 버텼다.

그런데 그리스군은 전쟁에서 승리하지 못하고 있었다. 예언에 따르면 필록테테스의 활 없이는 전쟁에서 이길 수 없다고 했다. 그가 가진 활은 과녁에 백발백중 명중하는 활이었다. 전쟁에서 이기려면 무인도에 버린 그를 이제는 데려와야 했다. 오디세우스에게 그 임무가 맡겨졌다. 그는 국가를 위해서는 무슨 짓을 해도 괜찮다고 생각하는 사람이었다. 그는 죽은 아킬레스의 아들인 젊은 장수에게 수단과 방법을 가리지 말고 필록테테스를 데려오라고 명령했다. 필요하다면 필록테테스를 죽이고 활만이라도 가져갈 심산이었다.

젊은 장수는 처음에는 오디세우스의 말대로 했지만, 필록테테스의 눈물겨운 삶과 격렬한 고통에 실성하는 모습을 보면서 생각을 바꿨다. 배반당한 사람을 또 배반할 수는 없었다. 결국 그는 자신의 손에 들어온 활을 필록테테스에게 돌려주고 국가에 등을 돌렸다. 그런데 역설적이게도 국가를 구한 것은 그러한 인간적인 몸짓이었다. 결국 필록테테스는 트로이로 가서 치료를 받고 그리스군을 승리로 이끌었다. 소포클레스가 여든세 살에 쓴 『필록테테스』에서 강조한 것은 개인만이 아니라 국가에도 따뜻한 마음이 있어야 한다는 것이었다. 개개인의 아픈 상처를 보듬는 마음 말이다.

●

달에 그려진 토끼

　어려움에 처한 이웃을 앞다투어 도우려 하는 모습은 언제 보아도 아름답다. 달과 토끼에 얽힌 이야기는 그 모습을 멋지게 펼쳐 보인다.

　원숭이, 승냥이, 수달, 토끼가 사는 곳에 어떤 노인이 찾아왔다. 노인은 지치고 배가 고픈 모습이었다. 노인의 배고픔을 해결해주는 것이 무엇보다 시급해 보였다. 동물들은 각자의 방식으로 노인을 도우려 했다. 원숭이는 산에 가서 과일들을 따왔고, 승냥이는 고기와 도마뱀을 가져왔고, 수달은 물속에 들어가 물고기를 잡아왔다. 그런데 토끼는 아무것도 해줄 게 없었다. 자신이 먹는 풀을 뜯어다 바칠 수는 없는 노릇이었다. 결국 토끼는 나뭇가지를 모아 불을 붙이고 그 속에 뛰어들었다. 자신의 몸이라도 바치기로 한 것이다. 그런데 아무리 뛰어들어도 몸에 불이 붙지 않았다. 불은 마치 차가운 눈 같았다. 이상한 일도 다 있지 싶었다. 그러자 노인이 말했다. "나는 하늘의 임금이다. 너를 시험하고자 온 것이다." 그 말을 듣고 토끼는 하늘의 임금이라

하더라도 자신을 막을 수는 없다고 말했다. 하늘의 왕은 자신의 모든 것을 남에게 주려 하는 토끼의 마음씨에 감탄했다. 그는 토끼의 이타적인 마음을 세상에 알리려고 산을 짜서 그 즙으로 달에 토끼의 모습을 그려넣었다. 달에 토끼 그림이 있는 이유다.

이것은 『반야심경』에 나오는 부처의 전생 이야기들 중 하나로, 여기서 원숭이, 승냥이, 수달은 부처가 아끼던 세 제자이고 토끼는 부처 자신이다. 산을 짠 즙으로 달에 토끼의 형상을 그려넣었다는 발상이 허황되어 보이지만, 그럼에도 이 이야기는 타자에 대한 환대와 보시布施에 관한 우화로 손색이 없다. 이 우화는 동물들이 앞을 다퉈가며 배고픈 사람을 대접하는 모습을 통해, 이웃을 위한 경쟁적인 환대가 얼마나 귀하고 윤리적인지를 아낌없이 보여준다. 토끼가 그려진 달은 오늘도 하늘에서 세상을 비춘다. 세상이 밝고 아름다울 수 있는 이유다.

●

제니의 다락방

임마누엘 칸트는 모든 거짓말이 잘못이라고 했다. 인간 애에서 나온 거짓말까지 잘못이라고 했다. 다른 사람이나 자신이 엄청난 대가를 치르더라도 "살인자들에게조차 거 짓말을 해서는 안 된다"라고 했다. 정말 그럴까.

1980년 5월 광주를 다룬 제니퍼 헌틀리의 『제니의 다락 방』은 칸트와는 다른 이야기를 한다. 현장에서 찍은 사진 을 해외로 보내 광주의 진실을 세계에 알린 미국인 선교사 찰스 베츠 헌틀리(한국 이름 허철선) 목사, 그의 딸이 이 소 설의 원작자다.

광주 양림동에서 태어난 제니(퍼)는 1980년 당시 만 열 살의 소녀였다. 5월 20일 늦은 밤, 한국인 목사들이 제니의 집에 찾아왔다. 군인들이 집까지 수색해 학생들을 잡아가 자 불안해진 그들이 자식들을 숨겨달라고 온 것이다. 그들 은 군인들이 찾아오면 거짓말을 해달라고 했다. 제니의 부 모는 자기 가족까지 위험할 수 있었지만 학생들을 다락방 에 숨겼다. 그리고 입양한 한국인 아들을 포함한 자식들에게 누구에게도, 심지어 다른 선교사나 미국인에게도 이 사실을 발설하지 말라고 했다. 필요하면 거짓말을 하라고 한 것이나 다름없었다. 그들에게 인간애에서 나온 거짓말은 잘못이 아니었다. 그들은 한국인들을 더 받아들여 다락방에 살게 했다. 그러다가 나중에는 총알이 벽을 뚫고 들어올까 두려워 가족을 포함한 모두가 창문도 없는 지하실에서 잠을 잤다. 그들은 손님을 지키려고 목숨을 걸었다. 구약성서에 나오는 롯처럼.

『제니의 다락방』은 책의 후반부에 수록되어 있는 제니퍼 헌틀리의 영어 원문 「5월의 열흘」을 이화연 작가가 허구를 가미해 재구성한 소설이다. 작가가 둘인 셈이다. 그 덕에 우리는 사실과 허구가 섞인 훌륭한 어린이용 5·18 소설을 갖게 되었다. 이 소설은 실존적인 상황에서 인간이 얼마나 윤리적일 수 있는지를 보여준다. 인간을 위한 일인데 거짓말이면 어떠한가. 제니의 집 다락방과 지하실은 절대적 진실 원칙을 고수한 칸트 같았으면 결코 가능하지 않았을 인간적이고 윤리적인 공간이었다.

●

약사가 된 이유

누군가가 어떤 청년에게 왜 의사가 되지 않고 약사가 되었느냐고 물었다. 그 청년의 답은 이러했다. "의사는 때로는 많은 장비를 필요로 합니다. 그러나 약사는 응급상황에서 약으로 빠르게 대처할 수 있습니다." 그것은 모든 것을 경제적 개념으로 접근하고 재단하는 요즘 세상에서는 좀처럼 듣기 힘든 말이었다. 그의 다음 말은 더 그랬다. "저는 라이촌(한센인) 마을처럼 필요한 마을에 보다 손쉬운 방법으로 다가가기 위해 약사가 되기로 했습니다."

이렇게 말한 젊은이는 마틴 마쿠라는 이름의 수단 약사다. 아프리카에서 가장 가난한 나라인 수단의 젊은이를 그렇게 속 깊은 약사로 만든 사람은 한국인 의사, 아니, 신부였다. 의사로서의 안정적인 삶을 마다하고 성직자가 되어 아프리카 오지로 가서 가난한 사람들과 한센병 환자들을 돌보다가 2010년 48세의 나이로 세상을 떠난 이태석 신부, 그가 보여준 삶이 시골 소년을 약사의 길로 이끌었다. 소년은 신부가 세운 학교에서도 배웠지만 가족에게조차 버림받은 한센병 환자들을 돌보는 신부의 모습을 보면서 더 많이 배웠다. 어디 그것뿐인가. 그는 신부가 만든 브라스 밴드를 통해서도 배웠다. 전쟁의 와중에 아이들이 입은 트라우마를 음악으로 치유해주려고 만들었다는 남수단 최초의 브라스 밴드. 그는 그 밴드의 단원으로 음악이 어떻게 사람을 치유하는지 보고 듣고 느끼면서 어떻게든 약자들을 위한 삶을 살겠다고 다짐했다.

구수환 감독의 다큐영화 〈부활〉은 이태석 신부가 보여준 이타적인 삶을 기억하고 본받으려 하는 남수단 젊은이들을 서사의 중심에 놓는다. 영화는 버림받은 생명에 대한 신부의 사랑과 돌봄의 정신이 젊은이들을 통해 되살아나는 모습을 보여준다. 그래서 제목도 〈부활〉이다. 응급상황에서는 약이 더 빠른 대처 수단일 수 있다는 이유로 약사가 된 젊은이의 삶도 부활이긴 마찬가지다.

●

스스로 빛이 되는 용기

한 편의 시가 감정의 격류를 몰고 올 때가 있다. 미국 대통령 취임식에서 어맨다 고먼이라는 젊은 시인이 5분 남짓 낭송한 자작시 「우리가 오르는 언덕The Hill We Climb」이 그랬다.

"우리는 끝이 없는 그늘 속에서 빛을 어디에서 찾을 수 있을지 자문합니다." 이렇게 시작되는 시에서 그늘은 미국 사회가 정치적·사회적으로 거쳐야 했던 폭력과 불신, 냉소와 증오에 대한 은유적 표현이다. 치욕스러운 의사당 폭력만이 아니라 인종차별, 성차별, 코로나로 인한 죽음들이 다 그늘이다. 그래도 시인은 절망하지 않는다. "우리는 슬퍼할 때조차 성장했고, 상처를 입었을 때조차 희망을 품었습니다."

역사를 돌아보면 그랬다. 인간은 늘 슬픔과 상처를 딛고 살아왔다. 역사와 현실을 바라보는 시인의 눈이 무척 낙천적이다. 시인이 흑인 노예의 후손이며 싱글맘 밑에서 성장했고 언어장애가 있었다는 자전적 이야기가 거기에 더해지면서 시는 엄청난 호소력을 발휘한다. 고먼이 시를 쓰게 된 것은 언어장애 때문이었다. 그녀는 외국인이 아니었음에도 발음이 서툴렀다. 특히 'R' 발음에 애를 먹었다. 그래서 책에 매달렸고, 2017년에는 최초의 전미 청년 계관시인이 되었고, 2021년에는 대통령 취임식에서 사람들의 마음을 흔들어놓는 시를 낭송했다. 장애를 극복하고 언덕을 오른 사람이라서 가능한 일이었다.

이것이 어찌 개인만의 일이랴. 개인에게 언덕이 있듯이 국가와 공동체에도 올라야 하는 언덕이 있다. 시인이 그늘을 떨쳐내자고 하는 이유다. "빛을 볼 용기만 있다면, 그리고 그 빛이 될 용기만 있다면, 우리에게 빛은 늘 있을 것입니다." 어떻게든 빛을 찾으려 하고 때로는 스스로 그 빛이 되려는 용기만 있으면 그늘을 벗어날 수 있다는 말이다. 이것이 어찌 미국만의 일이랴. 용기는 서로에 대한 불신과 냉소의 그늘에 갇혀 있는 우리에게도 필요한 것일지 모른다. 스스로가 빛이 '되는' 용기.

빌러비드의 유령

　아픈 역사는 기억하고 애도해야 치유된다. 2019년 8월에 세상을 떠난 미국 작가 토니 모리슨은 그렇게 생각했다. 특히 그는 "아무도 이름을 모르고 아무도 생각해주지 않고 전설에도 나오지 않고, 그들에 관한 노래도, 춤도, 이야기도 없는" 흑인들을 기억하고 애도하려 했다. 그의 생전에 고전이 된 『빌러비드』는 그 생생한 예다.

　스토리의 중심에는 끔찍한 살인사건이 있다. 어떤 어머니가 두 살짜리 딸아이를 죽였다. 백인 노예주가 그들을 잡아가려고 하자 벌어진 일이다. 어머니는 자식들이 소나 말처럼 팔려 성적 착취를 비롯한 온갖 착취를 당하며 사는 것을 원치 않았다. 백인 주인을 피해 헛간으로 도망쳐 저항하다가 착란 상태에서 딸을 죽인 것은 그래서였다. 죽은 아이가 빌러비드였다. 그 어머니는 다른 세 아이까지 죽이려 했지만 성공하지 못했다.

　작가는 이 끔찍하고 엽기적인 스토리를 흑인들의 상처와 고통, 인종적 불의에 관한 기억과 애도의 스토리로 바꿔놓는다. 빌러비드는 죽었지만 귀신이 되어 어머니의 집에서 살아간다. 환상과 현실이 공존하는 매직 리얼리즘 소설에서나 가능한 얘기이긴 하지만, 어머니가 죽음을 인정하지 않는데 딸이 어떻게 죽을 수 있으랴. 몸이 없다면 몸을 대체할 귀신이라도 있어야 할 게 아닌가. 트라우마를 입은 어머니의 심리적 현실이 그렇다. 그렇게 산 게 18년이다.

그런데 상처와 관련하여 언어가 가진 치유의 기능이 작동했기 때문인지, 그녀는 언제부턴가 자신의 상처를 다른 사람에게 이야기하면서 딸이 죽었다는 사실을 조금씩 인정하기 시작한다. 그러면서 18년 만에 처음으로, 정말이지 처음으로 운다. 마침내 울게 된 것이다. 운다는 것은 빌러비드의 죽음을 슬퍼하고 애도하기 시작했다는 의미다. 딸의 귀신이 떠나는 것은 바로 이때다.

이것이 모리슨이 제시한 치유의 해법이다. 개인의 것이든 국가의 것이든, 상처는 방치하지 말고 어떻게든 기억의 공간으로 옮겨 말하고 슬퍼하고 애도해야 치유된다는 것.

슬픈 귀납법

"아예 태어나지 않는 게 최선이라고 생각합니다. 애초에 태어나지 않았다면 아무 고통도 없었을 테니까요." 구약성서의 욥이 절망 속에서 했던 절규와 엇비슷한 내용으로, 김영하 작가의 소설 『작별인사』에 나오는 말이다. 화자는 이렇게 대꾸한다. "살면서 느끼는 기쁨도 있지 않아요?" 그러자 이런 답변이 돌아온다. "그 유익으로 고통의 해악이 상쇄될까요?"

흥미롭게도 이 대화는 인간과 유사한 신체를 가졌지만 로봇인 휴머노이드들이 나누는 대화다. 하나는 태어나지 않는 게 최선이라고 하고, 다른 하나는 그래도 어딘가에 기쁨이 있을 거라고 한다. 이 대화에 유전자 복제로 태어난 클론이 끼어든다. "의식과 충분한 지능을 가진 존재라면 이 세상에 넘쳐나는 불필요한 고통들을 줄일 의무가 있어요." 어차피 태어났으니 다른 존재의 고통을 줄여주며 살자는 거다. 그리고 그가 보는 세상은 아름답다. 그는 겨울 호수를 보며 말한다. "그냥 얼음과 물일 뿐인데, 왜 이게 이렇게 가슴 시리게 예쁜 걸까? 물이란 게 수소와 산소 분자가 결합한 물질에 불과하잖아. 그런데 왜 우리는 이런 것을 아름답게 느끼도록 만들어진 걸까?" 고통으로 가득한 세상이지만 그는 그 아름다움을 잠깐이나마 보고 가는 것만으로도 충분히 행복하다고 느낀다.

그래도 그들은 "이 지구에서 불필요한 고통을 압도적으로 생산해내는 존재는 바로 인간"이라는 말에 동의한다. 태어나지 않는 게 최선이라는 결론이 여기서 나온다. 슬픈 귀납법이다. 그들의 생각은 작가가 밝힌 것처럼 윤리학자 데이비드 베너타의 저서 『태어나지 않는 것이 낫다』에 나오는 생각들을 반복하고 변주한다. 소설은 그러한 생각들을 중심으로 묵시록적인 사유를 펼쳐 보인다. 조금은 어둡고 슬프고 허무적인 이야기다. 조금이나마 그것을 상쇄하는 것은 그러한 사유를 펼치는 김영하 작가의 눈이다. 인간만이 아니라 고통 속의 모든 존재를 향한 연민의 눈. 그러면서도 가슴 시린 세상의 아름다움을 놓치지 않는 눈.

●

실천적 연민

　따뜻한 이야기는 반복해서 들어도 매번 좋다. 『삼국유사』에 나오는 「정수사 구빙녀正秀師 救氷女」, 즉 정수라는 스님이 추위에 죽어가는 여자를 구한 이야기도 그렇다. 추위를 녹이는 따뜻한 이야기다.

　신라 애장왕 때니까 지금으로부터 천이백여 년 전의 이야기다. 정수 스님은 날이 저물어 자신의 절로 돌아가는 길을 서두르고 있었다. 지독히 추운 겨울날이었다. 그런데 어떤 절 앞을 지나가다 보니 거지 여자가 아이를 낳고 누워서 죽어가고 있는 게 아닌가. 그는 자기도 모르게 여자의 몸을 껴안고 덥히기 시작했다. 그랬더니 여자의 몸에 온기가 돌았다. 톨스토이의 소설 「주인과 하인」에도 비슷한 장면이 나온다. 주인은 눈 폭풍 속에서 하인이 죽어가는 모습을 보고 하인의 몸을 자기 몸으로 덮어 하인을 살리고 자신은 죽는다. 『삼국유사』 속의 스님은 더 난감한 상황이다. 상대는 남자가 아니라 아이까지 낳은 여자다. 그러나 그런 것을 생각하고 말고 할 겨를이 없었다. 어딘가에서 솟아난 연민의 마음이 여자의 몸을 껴안도록 만들었다. 연민이 생각을 앞지른 것이다. 톨스토이라면 어떤 존재가 그에게 여자의 몸을 껴안으라고 명령했고 그는 기꺼이 그 말에 복종했다고 표현했을 것이다. 절대자의 윤리적 명령에 복종했다고나 할까. 어쨌거나 스님의 따뜻한 몸과 마음이 죽어가던 여자를 살렸다. 여자가 깨어나자 난감해진 스님은 옷을 벗어 덮어주고 황급히 그곳을 떠났다. 그는 벌거벗은 몸으로 꽤 멀리 떨어진 사찰까지 정신없이 달려갔다. 그리고 거적때기를 덮고 추위에 오들오들 떨며 밤을 보냈다.

『삼국유사』는 여기서 이야기를 끝내고 그 승려가 애장왕의 국사가 되었다는 사실을 짧게 전한다. 그가 임금의 스승이 된 것은 높은 학식이나 학문 때문이 아니라 실천적 연민 때문이었다. 자기 옷을 내어주고 벌거숭이가 되어 달려가고 나중에는 거적때기를 덮고 밤을 난 실천적 연민. 그 눈부신 몸짓 앞에서는 제아무리 높은 학식이나 학문도 창백해진다.

3부

예술은 어떻게 우리를 치유하는가

●

구름으로 빚은 빵

　상상의 힘으로 세상을 따뜻하고 순수하게 만드는 예술 작품이 있다. 아동문학의 노벨상이라 일컬어지는 '아스트리드 린드그렌 상'을 수상한 백희나 작가의 그림책은 그 모범적인 예다.

　첫 작품인 『구름빵』에서 시작하여 『달 샤베트』, 『이상한 엄마』, 『알사탕』을 거쳐 『나는 개다』에 이르는 그림책들은 그야말로 순수한 동심의 세계를 펼쳐 보인다. 달이 녹아내리면서 생긴 노란 물로 샤베트를 만들기도 하고, 어딘가에서 나타난 선녀가 직장에 출근한 엄마를 대신하여 아픈 아이를 돌보기도 하고, 알사탕으로 마음의 소리를 듣기도 한다. 그중에서도 으뜸은 구름으로 빵을 만드는 이야기다. 두 아이는 나뭇가지에 걸려 있는 구름을 조심조심 안아서 엄마에게 가져다준다. 빵은 구름이 아니라 밀가루로 만들어야 하지만, 엄마는 그렇게 말하지 않는다. 아이들이 만들 수 있다면 만들 수 있는 거다. 엄마는 구름을 반죽해 작고 동글동글하게 빚어 오븐에 굽는다. 엄마와 아이들은 노릇

노릇하게 익은 구름빵으로 식사를 한다. 먹다 보니 바빠서 식사도 못 하고 출근길에 오른 아빠가 마음에 걸린다. 그래서 아이들은 버스에 타고 있는 아빠에게 구름빵을 배달한다. 구름빵을 먹어 몸이 구름처럼 떠올랐기에 가능한 일이다.

머지않아 아이들은 구름으로 빵을 만드는 것이 가능하지 않다는 걸 알게 될 것이다. 하늘에서 내려온 선녀, 달 샤베트, 마법의 알사탕이 존재하지 않는다는 것도 알게 될 것이다. 그렇다고 그 상상의 세계가 어디로 사라지는 건 아니다. 그것은 마음속에 남아 있다가 언젠가는 세상을 바라보는 맑고 따뜻하고 넉넉한 눈길이 되어줄 것이다. 어른이라고 그러한 상상의 세계가 필요하지 않은 것이 아니다. 그 세계는 어쩌면 어른에게 더 필요할지 모른다. 고단한 삶을 살다 보면 조금씩 무뎌지다가 결국 잃어버리는 게 순수함과 따뜻함의 세계니까. 마법의 알사탕과 구름빵, 선녀가 등장하는 백희나 작가의 그림책이 어른들에게 위로가 되는 이유다.

●

므시외, 치유의 씨앗

　때로는 누군가가 건네는 한마디 말이 치유의 씨앗일 수 있다. 그 씨앗이 어떻게 뿌리를 내리고 싹을 틔워 결국에는 상처를 치유하는지 보여주는 이야기가 있다.

　주인이 손님을 맞고 있다. 주인은 백발이 성성한 노인이고 손님은 사십대 중반의 중년 남자다. 손님은 전혀 기대하지 않고 있다가 노인이 자신을 환대하자 너무 당황한 나머지 어쩔 줄 몰라한다. 주인이 말한다. "므시외, 앉아서 몸 좀 녹이세요. 우리는 곧 저녁 식사를 하게 될 거요. 당신이 식사를 하는 동안, 잠자리가 마련될 거요." 그가 "부드럽고 엄숙하고 진심에서 우러나오는 목소리로 므시외라고 할 때마다, 손님의 표정이 환해진다." 프랑스어 '므시외Monsieur'는 영어로는 '미스터', 우리말로는 '선생'에 해당하는 말이다. 그런데 손님은 지금까지 '므시외'라는 말을 단 한 번도 들어본 적이 없다. 그것은 "바다에서 갈증으로 죽어가는 남자에게 주는 한 잔의 물" 같은 말이다. 세상을 향한 증오와 복수의 감정만 있는 손님에게, 그 말은 한 톨의 씨앗이 된다.

주인과 손님은 식사를 마치고 각자의 방에서 잠을 자게 된다. 손님은 새벽 두 시쯤 잠에서 깬다. 그는 배낭 속에 있는 놋쇠 촛대를 꺼낸다. 그것으로 노인을 죽이고 은접시를 훔쳐 달아날 생각이다. 그런데 노인의 잠든 얼굴을 보는 순간, 그는 머뭇거린다. 그는 노인의 얼굴을 응시한다. 그가 "무슨 생각을 했는지 알 수 없지만, 분명한 것은 그가 감동했으며 강렬한 충격을 받았다는 사실"이다. 그의 마음에 뿌려진 씨앗이 이미 발아되기 시작한 것이다. 의도했던 것과 다르게, 그가 은접시만 훔쳐 달아난 이유다.

이 스토리에서 주인은 빅토르 위고의 소설 『레 미제라블』에 나오는 미리엘 주교이고, 손님은 스물다섯 살에 빵한 덩어리를 훔친 죄로 감옥에 들어갔다가 19년 만에 나온 마흔네 살의 장 발장이다. 장 발장이 헌병들에게 잡혀 돌아오자, 주교는 자신이 은촛대까지 줬는데 은접시만 가져갔다고 말하고 장 발장은 풀려난다. 어떤 상황에서도 진실만을 말해야 한다고 했던 칸트라면 안 된다고 했을 눈부신 거짓말.

장 발장의 마음에 뿌려진 씨앗은 더욱 단단히 뿌리를 내리고 싹을 틔우기 시작한다. 세상을 향한 원망과 증오가 사라진다. 그는 부자가 되어 가난한 사람들에게 병원과 학교와 양로원을 지어주고, 고아가 된 소녀 코제트에게는 아버지가 되어준다. 세상의 타자들을 환대하는 삶, 자신을 사냥개처럼 쫓아다니는 비정한 자베르 형사마저 감화할 만큼 이타적인 삶. 그것은 '므시외'라는 말에서 시작되었다. 그가 죽으면서 허공을 가리키며 떠올린 것은 자신의 마음에 그 씨앗을 심은 사람이었다.

고흐의 사마리아인

　빈센트 반 고흐는 말년까지도 다른 화가들의 그림을 모방했다. 동생 테오에게 보낸 편지에서 말한 것처럼, 그는 연주자가 "베토벤을 연주하면서 자기만의 해석을 덧붙이듯" 화가도 그렇게 할 수 있다고 믿었다. 그는 세상이 뭐라고 하든 개의치 않았다. 그가 1890년 세상을 떠나기 전에 그린 〈착한 사마리아인〉도 외젠 들라크루아의 〈착한 사마리아인〉을 연주한 그림이다.

　제목이 말해주듯 들라크루아의 그림은 루카 복음에 나오는 착한 사마리아인 이야기를 기반으로 한다. 예수는 "누가 저의 이웃입니까?"라는 율법사의 질문에, 강도를 당해 죽어가는 사람을 못 본 체하고 지나가는 사제나 레위인이 아니라 그를 가엾이 여기고 노새에 태워 여관으로 데리고 가서 돌봐준 사마리아인이 진짜 이웃이라고 답했다. 입으로만 율법과 신앙을 들먹이는 위선적인 사람들이 아니라 그들이 무시하고 경멸하는 사마리아인, 지금으로 말하면 이스라엘에 짓밟히는 서안 지구에 살던 사마리아인이 진짜 이웃이라는 신랄한 답변이었다.

들라크루아는 다친 사람을 노새에 태우는 사마리아인의 모습을 그림으로 형상화했다. 고흐는 그 그림을 모방하고 거기에 해석의 옷을 입혔다. 들라크루아의 그림에는 노새가 왼쪽에 있는데, 고흐의 그림에서는 오른쪽에 있다. 들라크루아의 사마리아인은 붉은 겉옷을 입은 강렬하고 다부진 모습인데, 고흐의 사마리아인은 노란 겉옷을 입은 부드럽고 따뜻한 모습이다. 고흐의 노란색은 노랗다기보다는 그가 즐겨 그린 해바라기 색깔이다. 사마리아인의 따뜻한 마음과 부드러운 색깔들의 향연은 별개의 것이 아니다. 갈색 노새마저도 주인의 마음에 감동했는지 자기 등에 실리는 다친 사람의 무게를 앞발을 모으고 묵묵히 견디고 있다.

정신병원에 있던 고흐는 이 그림을 그리고 두 달 후에 세상을 떠났다. 그는 그림에서 어느 쪽이었을까. 사마리아인이었을까, 상처 입은 남자였을까. 그림을 보는 우리는 어느 쪽일까. 어느 쪽이든 이상하게 위로가 되는 그림이다.

●

차이콥스키의 우크라이나

2022년 베이징 동계 올림픽 폐막식에서 차이콥스키의 피아노 협주곡 1번 도입부가 흘러나왔다. 정상적인 상황이라면 크로스컨트리 매스스타트 50킬로미터 종목의 우승자가 러시아 선수였기 때문에 러시아 국가가 흘러나와야 했다. 폐막식은 하계 올림픽의 마라톤에 해당하는 그 종목의 시상식을 겸하는 자리였다. 그런데 러시아가 국가 주도의 금지약물 복용으로 제재를 받는 중이어서 러시아 작곡가의 협주곡이 흘러나온 것이다.

언제 어디서 들어도 아름다운 차이콥스키의 피아노 협주곡 1번은 우크라이나와 깊은 관련이 있다. 첫 악장과 마지막 악장은 우크라이나 민요에서 주제와 멜로디의 일부를 빌려왔다. 차이콥스키는 시각 장애인 악사가 거리에서 부르는 아름다운 노래를 마음에 담고 있다가 작곡에 활용했다. 우크라이나 민속음악이 가진 아름다운 멜로디와 서정성은 그를 매혹했다. 음악만이 아니었다. 우크라이나의 모든 것이 그를 끌어당겼다. 그는 러시아의 봇킨스크에서 태어났지만 할아버지의 고향 우크라이나를 자신의 고향으로 생각했다. 게다가 그가 무척 사랑했던 두 살 아래의 여동생이 그곳에 살았다. 그는 일 년 중 몇 달을 그곳에서 보냈다. "나는 모스크바와 상트페테르부르크에서는 찾을 수 없던 마음의 평화를 우크라이나에서 찾았습니다." 그곳은 그에게 평화와 치유의 공간이었다. 그는 창작에 필요한 마음의 평화를 그곳에서 찾고 피아노 협주곡 1번, 교향곡 2번을 비롯한 30여 곡을 작곡했다. 우크라이나는 그를 심리적 교착 상태에서 풀려나게 했다. 그러자 음악이, 아름답고 찬란한 음악이 술술 흘러나왔다.

그에게 끝없는 영감을 제공했던 우크라이나가 전쟁에 휘말렸다. 그의 할아버지가 한때 살았던 키이우(키예프)가 러시아 군대에 짓밟혔다. 러시아는 차이콥스키의 피아노 협주곡 1번을 택해 세계인의 귀에 들려줄 줄만 알았지 그의 음악에 배어 있는 우크라이나에 대한 사랑은 헤아리지 못했다. 그들은 그의 음악을 제대로 들었어야 했다. 그들이 차이콥스키의 음악, 그 평온 속으로 돌아가기를.

●

거미 가족

많은 사람들에게 거미는 하찮은 존재다. 아무렇게나 쓸어내거나 짓밟아도 되는 존재. 그러나 시인 백석의 눈에는 그렇지 않다. 그의 시 「수라修羅」는 거미가 인간과 다름없는 생명이라는 사실을 감동적으로 노래한다.

컴컴한 밤이다. 시인은 작은 거미가 방바닥으로 내려오자 무심코 문밖으로 쓸어낸다. 얼마 후 그 자리에 큰 거미가 내려온다. 새끼를 찾으러 온 어미인 모양이다. 그렇게 생각하자 시인은 마음이 아프다. 그래서 "거미를 쓸어 문밖으로 버리며 / 찬 밖이라도 새끼 있는 데로 가라고 하며 서러워한다." 그가 거미를 버리는 이유가 달라졌다. 처음에는 무심코 버렸지만 이번에는 일부러 버린다. 새끼한테 가라고.

안쓰러운 마음이 채 가시기도 전에 또 다른 거미가 똑같은 자리에 내려온다. 이번에는 알에서 막 나온 듯한, "발이 채 서지도 못한" 새끼다. 시인은 엄마를 찾아온 새끼의 모습에 가슴이 미어진다. 그는 새끼를 향해 손을 내민다. 올라오라는 몸짓이다. 그러나 새끼는 무서워서 허겁지겁 달아난다. 여기서 제목 '수라'의 의미가 드러난다. (아)수라는 불교 신화에서 싸움을 일삼는 귀신을 일컫는다. 새끼거미에게 화자는 수라 같은 존재다. 개미의 가족을 아수라장으로 만든 것은 인간이다.

시인은 수라의 상태에서 벗어나려 애쓴다. 거미를 향한 연민이 그 증거다. 그는 "이 작은 것을 고히 보드라운 종이에 받어 또 문밖으로 버리며 이것의 엄마와 누나나 형이 가까이 이것의 걱정을 하며 있다가 쉬이 만나기나 했으면 좋으련만 하고 슬퍼한다." 개미 가족은 서로를 만나는 데 성공했을까. 모를 일이다. 그러나 그림 작가 김정진은 『거미가족』에서 백석의 시를 그림으로 그려내면서 그들이 서로를 만나 거미줄 집에서 화목하게 살아가는 풍경을 펼쳐 보인다.

시인은 열 개의 문장만으로 우리의 마음을 흔들어놓는 데 성공한다. 그는 거미에게서 인간을 본다. 거미 새끼는 우리들의 새끼고 거미 엄마는 우리들의 엄마다.

고흐의 눈

고통스러우면서도 따뜻하고, 따뜻하면서도 고통스러운 화가의 눈이 느껴지는 그림이 있다. 상대적으로 덜 알려진 빈센트 반 고흐의 〈슬픔〉이 그러하다. 단색으로 된 데생이 어서 더 그렇게 느껴지는지 모른다.

그림 속의 여자는 바닥에 쪼그리고 앉아 있다. 무슨 고민이 있는지 무릎에 팔을 괴고 얼굴을 묻고 있다. 아랫배가 많이 나온 것으로 보아 머지않아 아이를 낳을 임산부 같다. 오른쪽 하단에 붙은 〈슬픔〉이라는 제목이 아니더라도 그녀가 슬픔에 잠겨 있는 것은 분명해 보인다. 여자는 왜 그렇게 초라한 모습을 하고 있을까. 자초지종을 알려면 고흐의 삶 속으로 들어가야 한다.

고흐는 스물아홉 살 때인 1882년 헤이그에서 그녀를 만났다. 화가가 되기로 결심하고 2년이 지났을 때였다. 그녀는 그보다 세 살 위인 가난한 매춘부였다. 다섯 살짜리 딸이 있었고 누군가의 아이를 임신 중이었다. 누구라도 도와주지 않으면 버티기 힘든 상태였다. 고흐는 거리를 떠돌던 그녀를 자신의 집으로 데리고 갔다. 그리고 그녀와 아이에게 지낼 곳을 주었고, 그녀는 화가가 되려는 그를 위해 모델을 서주었다. 그렇게 해서 탄생한 그림이 〈슬픔〉이다.

화가는 그녀의 모습을 화폭에 담으면서 마음이 아팠다. 그는 그녀를 도덕적으로 비난하지 않았다. 매춘을 하고 유산을 하고 아이를 낳고 또 다른 아이를 임신하고 있는 것은 결국 가난 때문이었다. 그랬다. 가난이 문제였다. 그는 눈앞에 있는 그녀의 몸에서 가난에 삶을 저당 잡힌 여성들의 슬픈 현실을 보았다. 그가 본 것은 몸의 외관을 넘어선 삶의 본질이요 실존이었다. 자신의 분신과도 같은 동생 테오에게 보낸 편지에서 말한 것처럼 그는 "사람들의 마음에 닿는" 그림을 그리고 싶었다. 그는 천재이기 전에 그토록 따뜻한 사람이었다. 나중에 위험한 수술을 통해 아이를 낳은 그림 속의 여자를 잠시나마 돌본 것도 그였다. 이 그림에서 화가의 고통스러우면서도 따뜻한 눈에 주목해야 하는 이유다.

카텔란의 마법

    제목에 따라 의미가 결정되기도 한다. 이탈리아 예술가 마우리치오 카텔란의 작품들이 그러하다. 그중에서도 특히 〈어머니〉와 〈아버지〉라는 작품이 그렇다.

    하나는 모래에 묻힌 사람이 두 손만 내놓고 기도하는 사진으로 〈어머니〉라는 제목이 붙어 있다. 사실 이것은 작가가 1999년 베니스 비엔날레에서 펼친 행위예술을 촬영한 것이다. 당시 그는 인도의 이슬람 수피 수도자를 초청해 모래 속으로 들어가 두 시간 동안 손만 내놓고 기도하는 고행을 하게 했다. 그것은 어머니와 관련이 없는 수피 교도의 고행이지만 작가는 거기에 〈어머니〉라는 제목을 붙였다. 다른 하나는 누워 있는 사람의 발바닥만 보이는 작품으로 〈아버지〉라는 제목이 붙어 있다. 흙이 묻은 발바닥은 아버지가 아니라 자신의 것이지만 작가는 거기에 〈아버지〉라는 제목을 붙였다.

    우리는 주어진 제목에 맞춰 작품을 해석하게 된다. 어쩔 수 없이 제목의 지배를 받는 것이다. 제목이 없다면 이 작품들을 보고 어머니와 아버지를 생각하는 것은 쉬운 일이 아니다. 작가는 제목을 붙이고 손과 발을 보여주며 "관객에게 자신의 이야기를 만들어내도록 강요한다." 의미가 생성되는 방식을 가지고 일종의 포스트모던 유희를 한다는 말이다. 그러나 아무리 유희라 하더라도 작가는 그런 제목을 붙이면서 자신의 어머니와 아버지를 떠올렸을지 모른다. 그가 스물두 살이었을 때 세상을 떠난 어머니는 청소부였고 아버지는 트럭 운전사였다. 그러니 하나는 신앙심이 깊은 가톨릭 신자였던 어머니를 위한 애도의 작품이고, 다른 하나는 막노동하며 살아야 했던 아버지를 위한 애도의 작품일 수 있다. 그렇다면 유희에 진지함이 섞여 있는 셈이다.

그것은 개인적 차원에 머물지 않는다. 유희적인 작품이 우리를 울컥하게 한다. 흙이 묻은 발바닥이 암시하고 환기하는 우리들의 어머니와 아버지의 고단한 삶을 돌아보며 사진 속의 손처럼 그들을 위해 기도하고 싶다. 제목이 부리는 마법이다.

●

음악과 복수

　음악은 폭력을 재현하는 데 어려움을 겪는다. 그런데 그
것은 단점이 아니라 장점이자 미덕이다. 폭력을 어떻게든
순화하는 마술 아닌 마술을 부리는 것이 음악의 속성인 탓
이다. 베르디의 오페라《리골레토》에 나오는 복수의 이중
창 〈그래, 복수다〉는 그러한 마술의 생생한 증거다.

　궁정광대 리골레토는 복수심으로 가득 차 있다. 그는 자
신이 섬기던 바람둥이 공작이 자신의 딸을 능욕한 것을 알
고 공작을 죽이려 한다. "신의 손에서 내려오는 천둥번개처
럼／이 광대의 복수가 당신을 내려치리라." 딸은 공작이 자
신의 순정을 배반했음에도 여전히 그를 사랑하기에 용서
해달라고 애원한다. 그러나 아버지는 요지부동이다. 그의
눈은 복수의 살기로 가득하다. 그래서 복수의 이중창이다.

　그런데 내용을 알지 못하고 멜로디만 들으면 복수의 이
중창은 역설적이게도 삶에 대한 역동적인 에너지로 넘친
다. 작곡가의 의도와 실제적 재현 사이의 부조화 때문에 빚
어지는 현상이다. 고전음악에 해박한 철학자 마사 누스바

움은 딸의 반응을 예로 들어 그 부조화의 의미를 설명한다. 그의 딸이 세 살 때였다. 이 오페라가 무슨 내용인지 전혀 모를 때였다. 딸은 복수의 이중창을 무척 좋아했다. 즐거움과 활력이 한껏 묻어나는 멜로디 때문이었다. 대단한 아이러니다. 만약 베르디가 복수의 감정을 환기하는 으스스한 곡을 만들었다면 의도적인 면에서는 성공했을지 모르지만, 세 살짜리 아이의 마음을 사로잡는 데는 실패했을 것이다. 그랬다면 지금처럼 사람들이 이 오페라에 열광하는 일도 없었을지 모른다.

음악은 베르디의 이중창이 보여주듯, 분노를 노래해도 그것에 대한 치료제를 그 안에 이미 갖고 있는 예술 장르다. 사랑과 자비를 강조하는 종교에서 음악이 중요한 역할을 하는 것은 그래서인지 모른다. 음악을 듣고 감동하고 기뻐하고 슬퍼할 수는 있어도 복수심에 불타는 사람은 없다. 타인에 대한 미움과 증오가 기승을 부리는 이 시대에 음악이 필요한 이유다.

●

레이디 가가의 문신

　작가들의 작가, 예술가들의 예술가인 사람들이 있다. 라이너 마리아 릴케도 그러한 사람 중 하나다. 작가들은 물론이고 마릴린 먼로, 더스틴 호프만 같은 배우들까지 그를 우러러보았다.

　가수 레이디 가가는 아예 릴케의 말을 팔에 문신으로 새겼다. 사실 그의 문신은 릴케의 편지에 나오는 독일어 문구다. 그 편지의 어떤 점이 그를 홀리게 만든 걸까. 스물일곱 살의 젊은 시인이 쓴 편지가 얼마나 심오하기에 평생 지워지지 않게 문신을 한 걸까. "한밤중에 자신에게 물어보세요, 글을 못 쓰게 하면 죽을 것인지." 그는 예술이 단순한 낭만이나 감상이 아니라 죽기 살기로 해야 하는 것이라는 릴케의 말에서 진정한 예술정신을 엿보았다.

　그것은 릴케가 군사학교에 다니던 열아홉 살의 시인 지망생으로부터 받은 편지에 답장하면서 했던 말이다. 시인 지망생은 기질적으로 군사학교에 맞지 않아 방황하고 있었다. 릴케도 전에 그랬다. 부모의 강요로 군사학교에 다녔지만 5년의 학교생활은 그에게 절망과 상처만 남겼다. 결국 그는 모든 걸 접고 시인의 길로 들어섰다. 그러므로 시인 지망생이 학교 선배인 릴케에게 시인으로서의 삶에 대해 조언을 구한 것은 적절했다. 그러자 릴케는 시인이 되고 싶거든 죽기 살기로 해야 된다며, 내면을 들여다보고 시 아니면 죽음을 택할 결기가 있는지 확인하라고 했다. 기를 꺾으려고 한 말이 아니었다. 그것은 젊은 시인 릴케가 스스로를 향해서 하는 말이기도 했다. 실제로 그는 죽기 살기로 2000편이 넘는 시를 썼다. 시가 곧 그의 실존이었다.

릴케가 시인 지망생인 프란츠 크사버 카푸스에게 보낸 열 통의 사적인 편지는 그가 세상을 떠난 후 『젊은 시인에게 보내는 편지』로 출간되면서 공적인 편지가 되었다. 많은 예술가들이 그 편지를 자기에게 온 것이라고 상상하게 된 이유다. 레이디 가가도 그랬다. 그는 문신을 새기며 다짐했다. 릴케를 본받겠다고, "목소리가 곧 실존"이 되도록 치열하게 노래하겠다고.

늘 웃는 남자

"특권의 아버지는 누구입니까? 우연입니다. 특권의 아들은 누구입니까? 남용입니다." 빅토르 위고의 명작 『웃는 남자』에 나오는 말이다. 특권도 우연히 갖게 된 것뿐이니 남용하지 말라는 의미다. 소설의 배경은 특이하게도 영국이다. 귀족들이 투표를 하려고 상원에 모였다. 여왕의 남편 세비를 10만 파운드 더 올려주려는 법안 때문이다. 심사도 끝나고 투표만 남았다. 보통 같으면 만장일치로 통과된다. 그런데 오늘은 아니다. 얼마 전까지 광대였다가 귀족이 된 사람이 반대표를 던진다. 특권에 관한 비유는 그가 반대이유를 설명하면서 사용한 표현이다. 가난한 사람들은 굶어죽어도 장례를 치를 돈이 없는데, 부자를 더 부자가 되게 하고 가난한 사람을 더 가난하게 만드는 법안을 통과시키려 하다니, 그럴 돈이 있으면 가난한 사람들에게 나눠주자는 거다. "여러분께서 표결하는 세금을 누가 내는지 아세요? 죽어가는 사람들입니다!"

그가 사회적 약자를 대변하는 것은 가난과 고통, 치욕

과 모멸감에 시달리는 삶을 몸소 살았기 때문이다. 그는 자신의 아버지를 미워하는 왕의 지시로 두 살 때 납치를 당해 흉악한 떠돌이 집단에 팔렸다. 그들은 수술로 그의 얼굴을 기형으로 만들었다. 아무도 못 알아보게 만들어 동냥이나 광대 노릇을 시키기 위해서였다. 그의 얼굴이 어떤 상황에서도 웃는 모습이 된 이유다. 그래서 웃는 남자다. 그는 세월이 흘러 우연한 계기로 귀족의 아들임이 밝혀져 작위를 물려받는다. 그가 귀족들로 이루어진 상원에 참석하게 된 이유다. 그런데 특권을 너무나 당연하게 생각하는 귀족들은 그의 흉측한 얼굴을 조롱할 뿐 그의 가슴 깊은 곳에서 나오는 말을 귀담아듣지 않는다. "여러분 밑에는, 아니, 어쩌면 여러분 위에 백성이 있습니다."

그의 강요된 웃음은 속으로는 울지만 겉으로는 웃는 가난한 사람들의 웃음, 아니, 울음에 대한 은유다. 그런데 프랑스 작가의 소설이 어째서 영국을 배경으로 할까? 사람 사는 이치는 세상 어디나 마찬가지니까.

얼음송곳

　세월이 흐르고 또 흘러도 여전히 불편한 이야기가 있다. 1948년에 발표된 셜리 잭슨의 단편 「제비뽑기」는 그러한 소설이다. 누군가에게 행운이 아니라 끔찍한 불행을 안겨주는 이야기라서 더욱.

　소설에 나오는 마을에서는 매년 6월 어느 날이 되면 사람들이 광장으로 모인다. 누구도 예외가 없다. 그들이 모이는 것은 희생양을 뽑기 위해서다. 그래야 농사도 잘되고 모두가 풍족하게 살 수 있다는 믿음 탓이다. 그들은 한 명씩 나가 제비뽑기를 한다. 미리 표시된 용지를 뽑은 사람이 희생자가 되어 돌에 맞아 죽는다. 올해는 모임에 늦게 참석한 여자가 뽑혔다. 아이들의 엄마고 누군가의 아내다. 사람들은 울부짖는 여자를 향해 돌을 던지기 시작한다. 어떤 여자는 두 손으로 들어야 할 만큼 큰 돌을 집어든다. 아이들도 폭력에 가세한다.

　끔찍한 내용이다. 잭슨이 이 소설을 『뉴요커』에 발표했을 때 난리가 난 것은 그래서였다. 수백 통의 편지가 쏟아졌고 잡지사 전화는 불이 났다. 작가의 어머니마저 편지로 싫다고 말했다. "네 아버지와 나는 『뉴요커』에 실린 네 소설이 아주 못마땅하다. 사람들의 기분을 좋게 하는 것을 쓰는 게 어떠니?" 부모마저도 고개를 돌릴 정도로 불편한 소설이었다.

이제는 미국 최고의 단편소설이 되었지만 아직도 불편하긴 마찬가지다. 왜 불편할까. 우리 안에 있는 뭔가를 건드리는 탓이다. 소설에서처럼 죄가 없는 누군가를 희생양으로 만들어 돌을 던지는 일은 지금도 그리 드문 일이 아니다. 다만 우리가 그 야만성과 폭력성을 자각하지 못할 뿐이다. 일종의 얼어붙은 바다가 우리 안에 있기 때문이다. 그래서 예술은 카프카의 말처럼 "우리 안에 있는 얼어붙은 바다를 깨는 얼음송곳"이어야 하는지 모른다. 구멍이 뚫리고 균열이 나야 우리 안의 모순이나 야만성이 보일 테니까. 그래야 잘못된 히스테리도 돌아보고 반성하게 되니까. 잭슨의 끔찍하고 으스스한 알레고리 소설이 야기하는 불편함이 소중한 이유다.

베토벤의 연금술

고통은 인간을 무너뜨리기도 하지만 때로는 아름다운 예술의 원천이 되기도 한다. 베토벤의 현악 4중주 15번은 고통이 어떻게 예술로 승화되는지를 생생하게 보여준다.

베토벤이 이 곡을 완성한 것은 세상을 떠나기 2년 전인 1825년이었다. 그가 정신적·육체적으로 몹시 고통스러워할 때였다. 오래전부터 청력이 떨어지던 귀는 거의 들리지 않았다. 그는 귀의 도움 없이 눈과 손만으로 작곡을 해야 했다. 그런데 현악 4중주 15번을 작곡하던 중 그를 괴롭히던 복통이 도졌다. 엎친 데 덮친 격이었다. 극심한 통증에 오랫동안 몸져누워 있어야 했다. 정말이지 이제는 죽는 것이 시간문제로 보였다. 그런데 어느 순간 고통이 사라졌다. 죽음의 문턱에서 가까스로 살아나자 감사한 마음이 물밀듯이 밀려왔다. 그는 그 감정의 파고를 타고 3악장을 작곡하기 시작했다. 그는 악장 앞에 "병에서 나은 환자가 신께 드리는 감사의 노래"라고 적어넣었다. 음악에 이야기를 입힌 것이다. 이후로 그 악장을 누가 해석하고 누가 연주하든 그 헌사, 그 이야기로부터 자유롭지 못할 터였다. 그것이 구속이라면 아름다운 구속이었다. 감사한 마음에 비례해 분량도 많아졌다. 다섯 개의 악장으로 이루어진 40여 분의 곡에서 3악장이 거의 절반을 차지하게 되었다. 귀가 들리지 않는 그는 신의 마음에 닿을 수 있는, 소리를 넘어선 음악을 만들고 싶었다. 그래서 현악 4중주 15번은 음악이라기보다 음악의 몸을 잠시 빌린 일종의 기도가 되었다.

이보다 더 깊고 조화롭고 경건하고 위로가 되는 음악이 세상에 또 있을까 싶을 정도로 아름다운 3악장은 그렇게 고통을 통해 태어났다. 「황무지」의 시인 T. S. 엘리엇의 말처럼, 베토벤이 말년에 작곡한 현악 4중주는 "엄청난 고통 이후에 찾아온 화해와 위안의 열매"였다. 엘리엇이 「네 개의 4중주」라는 위대한 시를 후대에 남긴 것도 고통을 예술로 승화한 베토벤의 연금술을 학습하고 사유한 결과였다.

당나귀를 기억하라

　문학은 때때로 사회적 약자에 대한 박해의 기록이다. 프랑스의 이솝이라 불리는 장 드 라 퐁텐의 「역병에 걸린 동물들」은 박해의 기록으로 손색이 없다. 특히 걷잡을 수 없게 병이 번지고 있는 상황에서 발생하는 박해의 기록 혹은 알레고리.

　동물들이 역병 때문에 죽어가고 있다. 그들은 역병을 하늘이 내리는 벌이라고 생각한다. 물론 잘못된 해석이지만 이것이 누군가를 희생양으로 내몬다. 동물들의 왕인 사자가 회의를 소집하는 것은 그러한 이유에서다. 사자는 무리 중에서 가장 큰 죄를 범한 동물을 제물로 바쳐야 역병이 진정될 것 같다며 자기부터 죄를 고백하겠다고 한다. 그는 아무 잘못도 없는 양을 잡아먹고 심지어 양치기까지 잡아먹었다며 필요하다면 자신이 제물이 되겠다고 제안한다. 그러자 여우는 왕에게는 잘못이 없고 우둔한 양이나 동물들 위에 군림하려고 했던 주제넘은 양치기한테 잘못이 있다며 아첨을 떤다. 다른 동물들은 박수를 치며 그 말에 동조한다. 호랑이, 곰, 멧돼지, 늑대와 같은 육식동물들도 그런 식으로 빠져나간다.

　마지막으로 당나귀 차례다. 당나귀는 너무 배가 고파서 수도원 풀밭에 들어가 풀을 뜯어먹은 적이 있다고 고백한다. 그러자 늑대가 발끈한다. "뭐라고? 남의 풀을 뜯어먹었다고?" 늑대는 당나귀가 신성한 사유재산을 침해하는 가장 큰 죄를 저질렀다고 말한다. 다른 동물들도 그 의견에 동조한다. 그렇게 당나귀는 제물이 된다. 그들의 위선과 자기기만이 당나귀를 제물로 몰고 간 것이다. 이야기는 이렇게 마무리된다. "당신이 강하고 약하고에 따라 법정은 당신을 무죄나 유죄라고 판결할 것이다." 우화가 사회를 너무 냉소적으로 묘사하는 것 같지만, 인간 공동체는 강자들이 약자를 박해하고 희생양으로 삼은 역사로부터 그리 자유롭지 못하다. 그래서 문학은 때때로 프랑스 학자 르네 지라르가 말한 "박해의 텍스트"이면서 동시에 역사 속 당나귀와 희생양에 대한 기억과 애도의 산물이다.

●

타인은 지옥이 아니다

　어떻게든 세상을 밝게 보려는 작가들이 있다. 심지어 다른 작가의 말을 오독해서라도 밝은 쪽으로 관심을 돌리려 한다. 2021년에 세상을 떠난 폴란드 시인 아담 자가예프스키가 그러했다.

　그는 장 폴 사르트르의 말을 오독한다. 구체적으로 말하면 사르트르의 희곡 「닫힌 방」 말미에 나오는 "타인은 지옥"이라는 대사를 오독한다. 「닫힌 방」은 대충 이런 내용이다. 남자 하나, 여자 둘이 등장한다. 이미 죽은 사람들이다. 그런데 지옥에 가면 생전에 지은 죄에 합당한 고문과 유황불이 기다리고 있을 줄 알았는데 방 하나만 덜렁 있다. 조건은 그 방에 영원히 같이 있어야 한다는 거다. 사적인 공간도 없고 서로의 과거나 생각은 발가벗겨진다. 그들은 서로를 응시하는 시선으로 서로의 포로가 된다. "타인은 지옥"이라는 말이 여기서 나온다. 사르트르에 따르면 이 말은 더도 덜도 아니고 "인간관계가 왜곡되고 망가지면 타인은 지옥"이나 다름없다는 의미다. 인간에 대한 혐오적인 발언이 결코 아니다.

그런데 자가예프스키는 「타인들이 창조한 아름다움에」라는 시에서 사르트르의 말을 뒤집는다. "타인들이 창조한 아름다움에만/타인의 음악과 타인의 시에만/위안이 있다./고독이 아편 같은 맛이라 해도/타인만이 우리를 구원한다./타인은 지옥이 아니다." 오독도 이런 오독이 없다. 시인은 "타인은 지옥이다"라는 말이 나온 앞뒤 문맥을 싹둑 자르고 사르트르의 말을 뒤집어버린다. 물론 시인의 입장에서 보면 그리 틀린 말은 아니다. 세상사에 지친 우리가 다른 사람이 만든 음악을 듣고 시를 읽으며 늘 그런 것은 아니더라도 이따금 위로를 받는 것은 사실이니까. "타인은 지옥"이라는 말이 함의하는 바를 몰랐을 리 없지만, 시인은 오독해서라도 밝은 쪽으로 눈을 돌리는 것이 본래의 의미보다 더 중요하다고 생각했던 거다. 예술은 때때로 오독, 그것도 아주 의도적인 오독의 산물이다.

불편함의 미학

늘 그런 것은 아니지만 예술은 때로 우리를 불편하게 만든다. 봉준호 감독의 영화 〈기생충〉도 그렇다. 불편함은 제목에서부터 시작된다.

숙주에 기생하면서 영양분을 빨아먹는 기생충은 은유적으로 쓰이면 다른 사람에 기생해서 사는 사람을 뜻한다. 스토리는 이 불편한 제목이 암시하고 환기하는 것에서 결코 벗어나지 않는다. 프랑스 학자 제라르 주네트에 따르면, 작품의 제목은 "작가의 의도와 일치하는 운명을 확보하는 것"이 목적이다. 그래서 제목은 문턱에 자리를 잡고 작품이 작가의 의도에 맞게 해석되도록 안내자 역할을 하는 "내재적 신조"이다.

그렇다면 제목이 말하는 기생충은 누구일까. 일차적으로는 반지하에 사는 가족이다. 기택, 충숙, 기우, 기정. 그들은 이름부터가 기생충의 '기'와 '충'을 차용한 알레고리적인 이름이다. 박 사장 집에 기생하는 서민들이 기생충으로 은유되는 것은 불가피하다. 그런데 영화가 보여주는 극심한 빈부 격차의 문제를 거시적으로 생각하면 꼭 그렇게 볼 것도 아니다. 엄밀히 말해 자본주의 체제에서 누가 누구에게 기생하는가. 실제로는 가난한 사람들이 숙주이고, 부자들이 그들에 기생해 부를 일구는 거라면 어쩔 것인가. 이렇게 보면 영화의 제목과 내용은 불편함을 넘어 일종의 역설이요 도발이 된다.

봉 감독도 이 영화의 내용이 불편하다는 것을 충분히 의식했던 것으로 보인다. 그는 인터뷰에서 "현대사회의 빈부 격차가 적나라하게 드러나는 쓰라린 면을 관객이 불편해할 거라는 두려움으로 영화에 당의정糖衣錠을 입히고 싶진 않았"다고 말한 바 있는데, 이는 관객이 느낄 불편함을 예상했음에도 정공법을 택해 일부러 제목부터 불편한 것으로 정했다는 말이다. 〈설국열차〉에서 그랬던 것처럼, 그는 자신의 불편한 영화가 자본주의가 만들어내는 경제적·구조적 불평등에 대한 사유와 성찰로 이어지기를 바랐던 것으로 보인다. 불편함은 그의 미학이자 정치학이었던 셈이다. 그의 영화가 건강한 이유다.

●

어떤 의사의 요구

코로나19 사태처럼 실존적 위기에 처할 때 소환되는 작품들이 있다. 체코 작가 카렐 차페크의 희곡 「하얀 역병」*도 그중 하나다. 이 희곡은 몸에 하얀 반점이 생기면서 사망으로 이어지는 치명적인 바이러스가 세계를 휩쓰는 상황을 펼쳐 보인다.

'베이비 페이스'라는 별명을 가진 의사가 등장한다. 순진하게 생겨서 옛 스승이 붙인 별명이다. 오직 그만이 백신개발에 성공한다. 60퍼센트의 환자들이 완치되고 있으니바이러스를 퇴치하는 것은 이제 시간문제다. 그런데 그는백신을 무료로 제공하는 대가로 전쟁을 그만두라는 조건을 내건다. 바이러스로부터 사람들을 살리겠으니 전쟁을통해 사람들을 학살하는 분열적인 행태를 그만두라는 것이다. 그러나 권력자들은 끄떡도 하지 않는다. 언론의 선동으로 전쟁의 광기에 휘말린 소시민들도 마찬가지다. 그들

---

* 카렐 차페크 희곡선집 『곤충 극장』, 김선형 옮김, 열린책들, 2012.

은 그를 '평화주의 역병'에 걸린 미치광이라고 비난하면서 그를 고문해서라도 치료법을 입수해야 한다고 말한다.

자신의 요구가 받아들여지지 않자 의사는 빈민가의 사람들만 치료한다. 그러한 선택적 진료가 의료 윤리 위반이라는 비난에는 이렇게 응수한다. "빈민들은 더 젊은 나이에 죽습니다. 그래야 할 이유는 없습니다. 살 권리는 누구한테나 있으니까요." 빈민들과 다르게 부자들에게는 돈과 권력이 있으니 치료를 받고 싶으면 정권을 압박해 전쟁을 그만두게 하라는 것이다. 결국 의사는 전쟁의 광기에 휩싸인 군중의 손에 죽고 만다.

희곡에 나오는 순진한 얼굴의 의사가 그랬던 것처럼, 코로나19 백신을 개발한 누군가가 백신을 무료로 제공하는 대가로 똑같은 조건을 내건다면 세계의 지도자들은 어떻게 반응할까. 백신을 개발한 개인이나 단체가 그것을 무료로 제공할 리는 없겠지만, 설령 제공한다고 해도 모두가 그 조건을 수용할까. 차페크의 희곡이 상정하는 평화와 인류애의 실현은 순진한 꿈일지 모른다. 그래도 그러한 꿈을 들이밀고 공동체의 윤리를 시험대에 올리는 것이 예술의 존재 이유다.

●

눈물총

네덜란드의 명문 '디자인 아카데미 에인트호번' 졸업식에서 있었던 일이다. 어떤 졸업생이 자신을 힘들게 한 교수들 중 한 명인 학과장을 향해 총을 쏘았다. 무시무시한 얘기 같지만, 사실 그 총은 눈물을 총알로 사용하는 총이었다. 맞더라도 작은 우박에 맞는 정도의 느낌일 터였다. 그래도 총은 총이었다.

총을 쏜 졸업생은 타이완 출신의 천이페이였다. 그가 그 총을 만들게 된 계기는 디자인 전공 석사 과정을 이수하면서 경험한 심한 좌절감 때문이었다. 동양 문화권에서 태어나고 성장한 천에게 교수는 권위 그 자체였고 교수의 말에 토를 다는 것은 무례한 짓이었다. 교수가 과제를 과도하게 요구하거나 비난해도 천은 속만 끓일 뿐 일언반구도 하지 못했다. 그러한 문화적 장벽에 언어의 장벽까지 겹쳤다. 급기야 동료 학생들이 그를 대신해 교수에게 항의를 할 정도였다. 결국 그는 눈물을 보였고, 우는 것이 창피해 교실을 뛰쳐 나왔다. 그 경험이 그를 눈물총으로 이끌었다.

그는 과제의 일환으로 눈물총을 만들기로 결심했다. 그 총은 그의 눈에서 흐르는 눈물을 실리콘 호스로 받아 실린더에 부착된 드라이아이스로 급속 냉동해 총알로 만들어 발사하는 원리였다. 그것은 눈물의 무기력함과 총의 공격성을 모순적으로 결합한 총이었다. 1년 반 동안 수업을 받으면서 느낀 좌절감이 예술적인 작품으로 승화된 것이다. 그가 졸업식장에서 그 총을 발사한 것은 물론 허용되었기에 가능한 예술 행위였지만, 억눌렸던 좌절감의 표출이면서 권위에 대한 도전의 몸짓임은 분명했다. 해가 되지 않으면서도 자신의 소명을 다하는 눈물총은 그렇게 발명되었다.

눈물총은 그만이 아니라 낯설고 물설은 곳에서 눈총과 오해를 받으며 살아야 하는 외국인들이 느낌 직한 억눌린 감정과 그들의 실존에 대한 훌륭한 은유였다. 더 훌륭한 것은 자신의 눈물을 총알로 사용하는 총을 만들어 억눌린 감정과 상처, 좌절감도 때로는 예술의 질료가 될 수 있음을 보여줬다는 점이다.

U2를 기다리며*

대중음악은 이따금 아픈 사람들을 위로하는 데 큰 힘을 발휘한다. 그들과 같이 울어주고, 때로는 대변인이 되어 그들의 상처를 세상에 알리기도 한다. 대중과 직접 소통하는 장르라서 가능한 일이다. 아일랜드 출신의 세계적인 록 밴드 U2의 음악은 그 좋은 예다.

U2의 리드 보컬 보노는 1998년 2월 11일, 칠레 산티아고에서 있었던 공연의 말미에 이렇게 말했다.

"부탁합니다, 피노체트 씨. 이 어머니들에게 자식들이 어디 있는지 말해주세요…… 어머니들이 자식들을 묻고 그들에게 작별인사를 할 수 있도록, 그리고 칠레가 과거와 작별할 수 있도록, 그들이 어디에 있는지만 말해주세요."

공연은 U2의 요청으로 칠레 전역에 텔레비전으로 생중계되고 있었다. 모두가 보도록 그렇게 요청한 것이다. 슈퍼스타의 힘이었다. 보노는 독재자 피노체트가 공연을 보고

* 이 글은 U2가 한국에 오기 2년 전인 2017년 10월에 쓰였다.

있기라도 한 듯, 간절한 목소리로 호소했다. 그리고 "우리는 하나지만 똑같지는 않아요"라는 말이 반복되면서 이별의 아픔을 노래하는 불후의 명곡 〈원One〉을 부르기 시작했다. 놀랍게도 그의 목소리에서 연인들의 상처와 어머니들의 상처가 교차했다.

노래가 끝나고 더 놀라운 일이 벌어졌다. 보노는 자식들의 이름이 적힌 피켓을 들고 무대에 서 있던 어머니들을 마이크 앞으로 나오게 하더니, 자식에 관해 한마디씩 하게 했다. 그리고 노래를 시작했다. "한밤중에 아들딸을 / 우리에게서 빼앗아갔어요. / 그들의 심장이 뛰는 소리가 들려요 / 바람 속에서 그들의 웃음소리가 들려요 / 빗속에서 그들의 눈물이 보여요 / (……) / 아들들이 발가벗은 채 나무에 있어요 / 딸들의 울음소리가 벽 사이로 들려요 / 빗속으로 그들의 눈물이 보여요."

1986년 보노가 남아메리카에 갔다가 자식을 잃은 아르헨티나, 엘살바도르, 칠레의 어머니들에 대해 듣고 마음이 동해 만들었다는 노래 〈실종자들의 어머니들Mothers of the Disappeared〉이었다. 노래가 끝나갈 무렵, 그는 다시 어머니들에게 마이크를 양보했다. 자식의 이름을 아직 부르지 못한 어머니들을 위한 배려였다. 사람들이 내내 울었다. 그것은 대중음악이 얼마나 사람들에게 위로가 될 수 있는지 보여주는, 울지 않고는 못 배기는 감동적인 장면이었다.

　U2와 보노의 따뜻한 음악은 그들이 상처의 삶과 역사를 살아온 아일랜드 출신이어서 가능했는지 모른다. 그런데 그 점에서는 한국이 아일랜드와 훨씬 더 가까울 텐데, 그들은 일본에는 스무 번이 넘게 왔으면서도 한국에는 오지 않았다. 모르는 것일까? 그들이 상처가 많은 한국의 어머니들을 위로하는 모습을 보고 싶다. 언제 들어도 가슴이 둥둥거리는 〈당신이 있거나 없어도With or Without You〉를 덤으로 불러주면서 말이다.

중국 사과가 된 홍시

고통스러운 기억이나 상처가 때로는 예술의 질료가 되기도 한다. 인도네시아에서 태어난 중국계 미국 시인 리영리의 경우도 그렇다. 리의 가족은 인도네시아에 반중 감정이 고조되던 1964년 홍콩과 마카오, 일본을 거쳐 미국으로 도피했다. 그러나 거기에서 마주한 것도 차별이었다.

그의 시 「감」은 그것을 회고하면서 시작된다. "6학년 때 워커 선생님은／내가 퍼시먼persimmon과 프리시전precision을 구분할 줄 모른다며／뒤통수를 때리고／구석에 서 있게 했다." 소년은 주눅이 잔뜩 들어 퍼시먼과 프리시전, 즉 감과 정밀함을 혼동하고 벌을 서야 했다. 그런데 나중에 어른이 되어서 보니 감과 정밀함은 관련이 없는 것도 아니었다. 단내와 색깔로 익은 감을 알아보고 "속살이 다치게 않게 껍질을 살포시 벗겨／홍시의 속까지 먹는" 데 필요한 게 정밀함 아닌가.

그걸 모르는 건 미국인 선생님이었다. 어느 날 선생님은 감을 가져와 칼로 자르더니 한 조각씩 나눠주며 "중국 사과"의 맛을 한번 보라고 했다. 홍시가 될 때까지 기다렸다가 손으로 껍질을 벗겨 먹어야 하는 떫은 감을 칼로 잘라서 준 것이다. 그 선생님의 말과 생각, 행동은 무지에서 나온 것이었다. 그것은 감의 속성을 알지도 못하면서 사과를 보는 기준으로 감을 보는 인식의 폭력, 즉 오리엔탈리즘이었다. 그 선생님과 달리 시인의 아버지는 감을 속속들이 알았다. 눈을 감고도 감을 화폭에 담을 수 있었다. "사랑하는 사람의 머리카락 냄새 / 손바닥에 놓인 감의 질감 / 익었을 때의 무게 같은 것들은 / 결코 우리를 떠나지 않는 법"이라며 시력을 잃고서도 감을 그릴 수 있었다. 그것이 권위이고 정밀함이었다.

소년은 시인이 되어 유년 시절의 상처를 돌아보았다. 그에게 감은 동양이었다. 그는 서양이 자기중심적인 편협함 때문에 보지 못하는 동양의 정서와 문화, 정신을 감에서 보았다. 그러면서 유년 시절의 상처는 자연스레 치유가 되었다.

낮춤의 건축미학*

"국적 대한민국, 한국 이름 유동룡庚東龍. 하지만 일상의 생활은 일본에 있었던 건축가 이타미 준. 한국과 일본 그 어느 쪽에서도 늘 이방인이라는 시선을 받아온 고독한 건축가. 나의 아버지."

본명보다 이타미 공항의 이타미와 한국 음악가 길옥윤의 윤(일본식 발음 준)을 합해 만든 예명 이타미 준伊丹潤으로 더 유명한 세계적인 건축가 유동룡. 그를 아버지로 둔 유이화 건축가의 말이다. 더 구체적으로, 아버지의 마지막 산문집 『손의 흔적』 한국어판 서문에서 한 말이다.

재일교포로서 힘겨운 삶을 살아온 아버지에 대한 안타까움이 묻어나지만, 역설적으로 이방인으로서의 실존이 이타미 준의 건축과 예술의 원천이었다. 디아스포라의 삶은 타자와의 관계를 전제로 하는 실존적 삶이었다. 그가 소

---

* 이타미 준의 삶과 예술을 담은 정지영 감독의 다큐멘터리 영화 〈이타미 준의 바다〉가 2019년에 상영되었다.

통에 특별히 주목하게 된 것은 그래서였다. 그는 어디에 건축물을 세우든 "풍토, 경치, 지역의 문맥"을 중요시했다. 건축은 본질상 자연을 침해하는 것이지만, 그래도 어떻게든 이물감을 없애고 자연과 조화를 이뤄야 했다.

그가 세운 제주도의 방주교회도 관계와 소통이 핵심 주제였다. 건축물이 물·바람·돌·나무·빛·하늘과 자연스럽게 어우러지는 것이 무엇보다 중요했다. 안에 들어가서도 불투명한 벽으로 스스로를 차단하지 않고 나무와 유리의 반복적인 배열을 통해 빛과 세상이 '물을 건너' 들어오게 한 것은 소통에의 의지였다. 잘 드러나지 않는 십자가를 몸체에 붙이고, 미리 말해주지 않으면 교회 건물이라는 걸 쉽게 알 수 없게 만든 것도 자신을 낮추고 소통을 중시한 결과였다. 노아의 방주를 모티프로 한 건물은 자연 앞에 자신을 낮춘 결과물이었다. 겸손한 낮춤의 건축미학.

그래서인지 이타미 준이 서귀포시 안덕면 언덕에 띄운 방주는 근대사의 아픔을 간직한 제주 사람들에게 자신의 품을 기꺼이 내어줄 것만 같다. 그들이 이제라도 상처와 고통과 울음을 극복하고 안전한 항해를 할 수 있도록. 정말이지 이제라도.

●

프리다의 생명 예찬

프로이트의 말처럼, 똑같은 기차 사고를 당해도 트라우마에 시달리는 사람이 있고 그것을 견뎌내고 살아남는 사람이 있다. 예술가들도 예외가 아니다. 트라우마에 무너지는 예술가가 있는가 하면, 트라우마를 이겨내는 예술가가 있다. 멕시코 화가 프리다 칼로는 후자에 해당한다.

여섯 살 때 소아마비에 걸리고 열여덟 살 때는 척추와 골반이 부서지는 엄청난 교통사고를 당했으며, 말년에는 한쪽 다리를 절단해야 했던 화가. 그가 남긴 그림 중 3분의 1 이상이 자화상인 것은 침대에 누워 있는 시간이 많아서였다. 서른 번이 넘는 수술, 여러 차례의 유산, 그것들로 인한 후유증. 정말이지 고통스러운 삶이었다. 그런데 보통 사람 같았으면 벌써 무너졌겠지만 그는 그러지 않았다. 〈화살에 맞은 사슴〉이라는 제목의 그림이 은유적으로 암시하듯, 그는 삶의 화살을 맞아 피를 흘리면서도 상처와 고통에 굴복하지 않고 존엄을 지켰다. 사슴(화가)의 형형한 눈빛이 그 증거다.

사십대 중반의 나이로 죽기 직전에 그린 마지막 그림 〈비바 라 비다〉는 더 그렇다. 온전한 것에서 잘게 자른 조각에 이르기까지 다양한 형태의 수박을 그린 정물화는 그가 살아온 암울한 삶과는 전혀 다른 감정을 환기한다. 목마른 사람은 여기로 오라. 마치 이렇게 말하는 것처럼 화가는 수박을 내어놓으며 삶에 대한 우리의 목마름을 달래준다. 그의 주변에 어른거렸을 죽음의 그림자는 흔적도 없고 목마른 자에게 건네는 환대의 몸짓만 있다. 이것만이 아니다. 하단 중앙에 배치된 수박의 붉은 속살에 '비바 라 비다Viva la Vida' 즉 '삶이여 만세'라고 쓰여 있다.

죽음이 임박한 상황에서 과연 무엇이 화가로 하여금 삶을 환대하는 수박을 그리게 했을까. 원주민의 피가 살짝 흐르는 화가로서 느끼는 멕시코에 대한 사랑, 혁명과 미래에 대한 응원이었을까. 그것이 무엇이었든 그에게는 상처와 고통을 응시하고 밀어내면서 생명을 예찬하는, 니체가 말한 "힘의 의지"가 있었다.

●

나비 부인과 나비 씨

　예술은 편견으로부터 자유로울 것 같지만 때로는 아름다움 속에 편견을 숨겨놓기도 한다. 자코모 푸치니의 오페라 《나비 부인》이 그렇다. 물론 의도된 것은 아니었다. 그는 미국 해군 장교 핑커튼과 그에게서 버림받는 일본 게이샤 사이에서 빚어지는 비극적 이야기로 청중의 마음을 움직이고 싶었다. 실제로 마리아 칼라스가 부르는 아리아 〈어느 갠 날〉을 듣고 마음이 움직이지 않기는 어렵다. 그런데 문제는 그의 오페라가 원전이 가진 편견을 공유하는 데 있다. 원전은 프랑스 해군 장교이자 소설가인 피에르 로티의 자전소설 『국화 부인』이다. 더 정확히 말하면, 『국화 부인』의 영향을 받아 쓰인 존 루서 롱의 단편소설 「나비 부인」이다. 오페라는 스토리를 차용하면서 원전이 가진 동양 여성과 동양에 대한 왜곡된 시선까지 차용했다. 나비처럼 가냘프고 순종적인 동양 여자, 서양의 남성성에 굴복하려고 기다리는 동양의 여성성.

　예술의 왜곡된 시각을 바로잡는 일은 결국 예술 자신의

많이다. 중국계 미국 작가 데이비드 황의 연극 〈M. 나비〉는 그 좋은 예다. 이 연극에는 프랑스 외교관 르네 갈리마르와 중국배우 송릴링이 등장한다. 그런데 갈리마르가 열렬히 사랑했던 송이 여자가 아니라 남자라는 사실이 드러난다. 남자가 여자 배역을 연기하는 중국의 극 전통을 이해하지 못해 발생한 일이다. 작가는 동양에 대한 프랑스 남자의 선입관과 편견을 주제화함으로써 푸치니의 《나비 부인》에 내재한 성차별주의, 인종차별주의를 통쾌하게 뒤집는다. 사랑에 속고 버림받는 건 이번에는 동양 여자가 아니라 서양 남자다. 작가의 말대로, 갈리마르는 자신을 《나비 부인》에 나오는 남자 주인공으로, 연인을 나비로 생각했지만, "극이 끝날 즈음 자신이 나비였다는 걸 깨닫는다." 그래서 제목도 〈M. 나비〉다. 나비 씨.

이렇듯 어떤 예술작품은 무의식적으로 편견을 공유하고 편견을 강화하지만, 어떤 예술작품은 의식적으로 편견을 깨뜨리는 데 기여한다. 《나비 부인》과 〈M. 나비〉의 차이다.

●

가짜의 과잉

1994년, 그는 머릿속에 떠다니는 악상을 노래로 완성한 후 울었다. 영국의 록 밴드 라디오헤드의 가수 톰 요크가 그랬다. 그 노래는 〈가짜 플라스틱 나무들Fake Plastic Trees〉이었다. 유별나게 쓸쓸한 이 노래를 톰 요크의 몽환적인 고음으로 듣는 순간, 우리는 저절로 그 쓸쓸함 속으로 빠져든다.

"가짜 플라스틱 흙 속의/가짜 중국산 고무나무를 위한/초록색 플라스틱 물뿌리개." 노래의 서두는 이렇다. 모든 게 가짜다. 흙도, 나무도, 물뿌리개도, 물도 가짜다. 가짜 흙에 가짜 나무라면 물을 줄 필요가 없겠지만 그래도 물뿌리개는 필요한 모양이다. 그래서 물뿌리개를 산 여자는 지쳐간다. 지친 건 그녀만이 아니다. 같이 사는 남자도 마찬가지다. 그는 예전에는 "여자들을 위해/수술을 하곤 했다." 성형외과 의사였다는 말이다. 그런데 아무리 몸을 인공으로 만들어도 "중력이 늘 이긴다." 가짜 아름다움이랄까. 결국 남자도 무너지고 지친다. 이쯤 되면 인간마저도 가짜다.

가짜의 지배와 포화 상태. 이것을 철학자 보드리야르는 '시뮬라시옹'이라고 했다.

라디오헤드의 노래는 결국엔 우리마저도 이야기 속으로 끌어들인다. 노래가 3인칭에서 1인칭으로 바뀔 때 우리는 이야기 속의 '나'가 된다. 감정이입의 힘이다. "그녀는 진짜처럼 보여 / 진짜처럼 느껴져 / 나의 플라스틱 사랑 / 나는 천장을 뚫고 폭발할 것만 같아." 결국 '나'도, 우리도 가짜에 지친다. 가짜 지구에 가짜 나무, 거기에 가짜 아름다움과 가짜 사랑까지 온전한 것이 정말이지 하나도 없다. 노래를 문명비판으로 들을 수 있는 이유다.

이 노래는 환경운동에 열심인 라디오헤드, 특히 톰 요크의 모습과 무관하지 않아 보인다. 그렇다고 치유책이 있는 것은 아니지만, 가짜가 지배하는 실존적 상황을 노래로 전달하는 것은 그에게는 선택이 아니라 당위였다. 요크가 이 쓸쓸한 노래를 만들고 나서 운 것은 절망에 압도되어서였는지 모른다.

수세미의 교훈

"여러분의 교육에 대해 이런저런 말들을 많이 하지만, 어린 시절부터 간직한 아름답고 성스러운 추억이야말로 가장 훌륭한 교육이 될 것입니다. 인생에서 그런 추억들을 많이 갖게 된다면 그 사람은 평생토록 구원받은 셈입니다." 『카라마조프가의 형제들』의 마지막 장에서 주인공 알료샤가 친구의 죽음에 슬퍼하는 아이들에게 하는 말이다. 여기엔 이런 사연이 있다.

죽은 친구는 아버지 때문에 한때 '수세미'라는 별명으로 불리던 아이였다. 그의 아버지가 부잣집 아들에게 수염이 잡혀 질질 끌려 다니는 모습이 수세미처럼 보였는지, 아이들은 그 친구를 '수세미'라 부르며 놀렸다. 그것은 아이에게 명예의 문제였다. 그는 아버지와 자신의 명예를 지키기 위해 온 학급을 상대로 싸웠다. 승산이 없었지만, 그래도 싸웠다. 알료샤가 개입하게 된 것은 집단폭력의 현장을 목격하면서부터다. 아이 아버지의 수염을 잡고 끌고 다닌 사람은 알고 보니 알료샤 자신의 큰형이었다. 가슴이 아팠다.

그래서 자존심이 강한 아이가 돌을 던지고 피가 나게 그의 손등을 깨물어도 나무라지 않았다.

형 대신 속죄하려는 알료샤의 중재로 아이들은 '수세미'라 부르며 놀리던 아이와 화해했다. 상처를 주고받던 아이들은 서로를 사랑하면서 더 좋은 사람이 되었다. 그러므로 추억이 교육이라는 말은 따돌림의 대상을 사랑한 경험이 아이들의 삶에서 그 무엇보다 훌륭한 가르침이 될 거라는 의미다. "여러분, 전에 저기 다리 옆에서 그 소년에게 돌팔매질을 했던 일을 기억하죠? 그다음엔 다들 그 소년을 사랑하게 되었잖습니까?" '수세미'가 대변하는 언어폭력과 돌팔매질이 대변하는 신체폭력을 눈부신 사랑으로 바꿔놓은 경험 그리고 그것에 대한 기억. 이보다 더 "숭고하고 강렬하고 건강하고 유익한" 교육이 있을까. 이것이 어찌 아이들만의 일이랴. 머리가 아니라 가슴으로 체득한 아름답고 성스러운 사랑의 기억은 어른들에게도 훌륭한 교육이요 구원이다.

●

문화의사 이중섭

　한 폭의 그림이 세상사에 지친 사람들을 다독이고 위로할 때가 있다. 그림에 그럴 만한 힘이 있다는 말이다. 많은 사람들이 좋아하는 이중섭 작가의 〈벚꽃 위의 새〉는 어떤 힘을 갖고 있을까.

　이 그림은 이중섭의 작품을 통틀어 가장 차분해 보이고, 이보다 더할 수 있을까 싶을 정도로 부드러운 파스텔 톤의 색조로 펼쳐진 아름다운 세계가 우리를 반긴다. 꽃들이 만개한 벚나무 가지 위에 막 내려앉은 흰 새, 새가 내려앉은 충격에 후드득 떨어지는 꽃잎들, 생김새로 보아 벚꽃이 아니라 복숭아꽃 같지만 아무런들 어떠랴. 벌써 저만큼 달아난 노랑나비, 화들짝 놀라서 엉덩이를 뒤로 빼고 휘둥그레진 눈으로 새를 쳐다보는 청개구리.

　그럴 리는 없겠지만 초성, 중성, 종성을 결합하여 '중섭'이라 하지 않고 그것들을 일렬로 늘어놓은 화가의 서명(ㅈ ㅜ ㅇ ㅅ ㅓ ㅂ)마저도, 그림의 한 부분인 듯 평화롭고 평온해 보인다. 단정할 수는 없지만, 청개구리가 가지 위에 먼저

앉아 있었고 새가 나중에 내려앉은 것처럼 보인다. 몸집이 열 배쯤 더 큰 새의 부리 모양으로 보아, 새는 청개구리가 보내는 힐난의 눈길('놀랐잖아!')에 이렇게 앙알거리는 것처럼 보인다. '왜 놀라고 그래, 앉느라고 그런 건데!'

현실이라면 이런 상황에서 청개구리는 새한테 잡아먹히지 않으려고 도망을 쳤겠지만, 여기에는 먹이사슬의 폭력이 존재하지 않는다. 동물과 식물과 인간이 평화롭게 공존하고 아이들이 게나 잉어와 어울려 놀며, 화가가 소이고 소가 화가일 수 있는 순수의 세계니까.

그가 이 그림을 그린 것은 1954년, 즉 세상을 떠나기 2년 전이었다. 아내와 아이들이 가난 때문에 3년 전 일본으로 건너간 탓에 심리적으로 불안하고 주거도 불안정한 상태였다. 현실은 그림이 보여주는 평온함과 거리가 멀어도 너무 멀었다. 그러나 현실이 아무리 가혹하고 불행해도, 그것이 그림에 큰 영향을 미치지는 못했다. 화가는 현실에 지배당하지 않았다.

니체의 표현을 빌려 말하면, 그가 가진 "힘의 의지"가 본질적으로 긍정적이면서 "건강"했기 때문이다. 그는 억압된 욕망을 분출하지도, 가혹한 세상을 그리지도, 암담한 세상을 재현하지도 않았다. 식민 시대와 전쟁을 거치며 부산·서귀포·대구 등지에서 가난하고 힘겨운 삶을 살았지만, 거기에 매몰되지 않는 그림을 그려 자신과 세상을 치유했다. 그는 니체와 들뢰즈가 말한, 인간의 마음을 위로하고 치유하는 '문화 의사'였다. ㅈㅜㅇㅅㅓㅂ. 위아래가 없이 나란히 펼친 서명마저도 위로의 몸짓인 것만 같은 '문화 의사.'

●

조용필의 "생명이여"

"물결에 달빛 쏟아지네 / 애기가 달님 안고 파도를 타네 / 애기가 별님 안고 물결을 타네." 이것이 어떤 노래의 일부라면, 그것은 달빛과 별빛이 쏟아져내리는 아름다운 밤바다를 노래하는 동요이거나, 적어도 자연의 아름다움을 환기하는 노래일 것 같다. 그런데 이어지는 노랫말은 우리의 고개를 갸우뚱하게 만든다. "아 시간이여 / 아 생명이여 생명이여." 동요에서는 '시간이여', '생명이여'라고 노래하지 않는다. 시간과 생명이라는 말이 관념에 속하는 것이어서 동요와는 어울리지 않는 탓이다.

'가왕' 조용필의 노래 〈생명〉은 "저 바다 애타는 저 바다 / 노을 바다 숨죽인 바다"라는 구절로 시작되어 "아 생명이여 생명이여"라는 구절로 끝난다. 그렇다면 생명을 예찬하는 노래일까. 아니다. 오히려 생명을 애도하는 비가悲歌이고, 그의 말대로 하면 "광주의 학살에 대한 분노를 담은 곡"이다. 광주를 환기하는 표현이 전혀 없음에도 그렇다. 이것이 이 노래가 가진 비밀이다.

1982년에 발표한 조용필의 앨범《못 찾겠다 꾀꼬리》에 수록된 〈생명〉의 노랫말은 방송 심의 과정에서 여러 차례에 걸쳐 '수정 지시'를 받았다. 노래의 생명을 유지하는 유일한 길은, 안 보이는 감정까지 그들이 검열하지는 못할 테니 노랫말에 담지 못하는 감정을 목소리와 몸짓에 담는 것이었다. 이것이 그의 노래를 들으면 동화적인 요소는 오간 데 없고 슬픔과 절규와 분노의 감정이 느껴지는 이유다. 그는 짓밟힌 5월의 모든 생명들에 대한 애도의 마음을 담아 애절하게 목소리로, 아니, 온몸으로 절규했다.

　　〈생명〉은 그렇게 태어난 노래였다. 그것은 그의 말대로 그 "나름대로의 투쟁"이었다. 광주는 "체질적으로 정치와 거리가 멀"다는 그에게도, 광주를 '살아남은' 이 시대의 많은 사람들에게 그러한 것처럼, 상처이자 분노이고 죄의식이었다. 그것은 정치가 아니라 옳고 그름의 문제였고 생명의 문제였다. "아 시간이여, 아 생명이여."

사진 속의 상처

한 장의 흑백사진이 있다. 앞으로 팔을 두르고 앉아 있는 흑인 남자의 사진이다. 얼굴은 안 보이고 상체와 하체의 일부만 보인다. 그의 주머니는 담배쌈지, 담뱃대, 줄자, 메모장 등으로 빼곡하다. 팔목에는 플라스틱 밴드와 얇은 팔찌가, 허리띠에는 휴대용 구급함과 주머니칼, 시계가 있다. 왼쪽 팔에는 세 개의 별과 함께 '보스 보이BOSS BOY'라고 쓰인 계급장이 있다.

우두머리를 뜻하는 보스와 소년을 뜻하는 보이가 결합된 보스 보이. 이 말이 역사 속의 아픈 상처를 소환한다. 프랑스 철학자 자크 데리다가 "세계의 몸에 난 사악한 종기"라고 표현한 아파르트헤이트 정책이 횡행하던 시절, 백인들은 흑인 남자들을 '보이'라고 불렀다. 아이도, 어른도, 심지어 노인도 흑인 남자라면 다 보이였다. 흑인 남자들은 그렇게 불리면서 상징적으로 남성성을 거세당하고 중성인 보이가 되었다.

1960년대, 남아프리카공화국은 금광의 나라였다. 전 세계 금 생산량의 절반이 그곳에서 생산되었다. '보스 보이'는 거기에 동원된 흑인 광부들의 우두머리였다. 흑인이 올라 갈 수 있는 최고의 자리였던 보스 보이, 그 위의 지위는 백인들의 차지였고, '보이'들이 캐낸 금도 백인들의 차지였다. 데리다의 말처럼, 그야말로 "폭력적인 위계질서"였다.

그런데 사진은 인종적 불의를 증언하면서도 분노를 내 보이지 않는다. 왜 그럴까? 분노가 표면으로 올라오지 않게 하는 것이 작가의 미학이었기 때문이다. 2018년에 세상을 떠난 데이비드 골드블랫은 그러한 작가였다. 그는 카메라가 선전에 이용되는 것을 바라지 않았다. 〈보스 보이〉라는 제목의 사진이 말해주듯, 그는 극적인 모습이 아니라 일상성 속에서 상처와 불의가 드러나기를 바랐다. 조용하고 수수한 저항의 길을 택한 것이다. 시간이 흐르면서 '보스 보이'는 '팀장Team Leader'이라는 말로 바뀌었다. 그러나 사진은 아직도 과거의 아픈 상처를 소환하고 증언한다.

●

소우주

　지난 몇 년 동안 세계인의 귀를 붙들고 좀처럼 놓아
줄 기미가 없는 방탄소년단. 2019년 그들이 발표한 앨범
《MAP OF THE SOUL: PERSONA》에 수록된 노래 〈소우주
Mikrokosmos〉에는 별에 관한 비유가 나온다. 인간을 별에 비
유하는 것은 우리에게 친숙한 수사법이다. 인간을 소우주
로 표현하는 것도 친숙하긴 마찬가지다. 그러니 특별할 건
없다. 이 노래의 특별함은 흔한 수사법을 동원하면서 거기
에 있는 상투성을 걷어내고 세상을 향해 따뜻한 마음을 드
러내는 방식에 있다.

　그들에게 인간은 별이다. 단순한 별이 아니라 하나하나
가 대우주의 축소판, 즉 소우주인 별이다. 지구촌에 사는
70억 명 모두가 그렇다. 때로는 방황도 하고 때로는 절망에
빠지기도 하지만 그들이 별이라는 사실에는 변함이 없다.
칠흑 같은 밤일수록 더 빛나는 게 별빛의 속성이니까. 그러
니 어떤 경우에도 별임을 잊거나 소우주임을 포기해서는
안 될 일이다. "사라지지 마 / 큰 존재니까." 이 노래가 전달

하고자 하는 메시지의 핵심은 중의적 해석이 가능한 바로 이 대목에 있다. 무언가에 절망해 삶을 포기하거나 위험한 생각을 할 때 자신이 별이라는 사실을 떠올리라는 것. 역경을 딛고 일어설수록 인간이라는 별은 더욱 빛을 발한다는 것. "가장 깊은 밤에 더 빛나는 별빛 / 밤이 깊을수록 더 빛나는 별빛." 이것은 세상을 살아가는 과정에서 상처를 받고 어딘가에서 존재의 의미를 고민하고 있을, 스스로가 별이면서도 별인 줄 모르는 사람들에게 보내는 위로의 말이다. 이보다 더 따뜻한 마음과 삶에 대한 긍정이 있을까.

삶에 대한 낙관이 부재하는 시대를 살고 있어서인지, 사람들은 방탄소년단의 따뜻하면서도 세련된 노래에 실려 있는 삶에 대한 긍정적인 몸짓에 열광한다. 생명을 소모품 정도로 여기는 시대를 살고 있어서인지, 사람들은 인간이 별이며 작은 우주라는 사실을 환기하는 그들의 노래에서 절망을 떨쳐낼 힘을 얻는다. 위로와 환대라는 예술 본연의 기능에 이보다 더 충실하기도 힘들다.

●

소년이 목격한 죽음

상처가 때로는 실천적 사유로 이어지기도 한다. 알베르 카뮈가 마흔일곱의 나이로 세상을 떠나는 바람에 미완성으로 남은 소설『최초의 인간』에 나오는 일화*는 그 좋은 예다.

어느 날이었다. 할머니는 손자에게 그가 형이나 다른 겁쟁이 식구들보다 더 용감하다고 어르며 닭장에 가서 닭 한 마리를 잡아오라고 했다. 용감하다는 칭찬까지 들었으니 소년은 물러설 수 없었다. 그러나 닭을 잡는 건 쉬운 일이 아니었다. 닭장은 겁에 질린 닭들이 꼬꼬댁거리는 소리로 가득했다. 그는 닭들만큼이나 겁에 질렸다. 닭장 바닥은 더러웠고 닭들은 푸드덕거리며 도망 다녔다. 그는 어렵게 한 마리를 잡아 창백해진 얼굴로 할머니에게 가져갔다. 그러자 할머니는 용감한 그에게만 특별히 닭 잡는 법을 보여주겠다고 했다. "거기 서 있어라." 소년은 부엌 안쪽에 갇혀 옴

* 『최초의 인간』, 알베르 카뮈 지음, 김화영 옮김, 미메시스, 2014.

216

짝달싹 못하고 모든 것을 바라볼 수밖에 없었다. 할머니는 식칼로 닭의 목을 따 머리를 비틀고 연골부에 칼을 깊숙이 찔러넣었다. 무시무시한 경련이 닭의 몸을 훑고 지나갔다. 하얀 접시 위로 피가 주르륵 흘러내렸다. 소년은 마치 자신의 피가 빠져나가는 것 같았다. 다리가 후들거렸다. 닭의 흐릿해진 눈 위로 눈꺼풀이 덮였다. 한 생명의 끝이 그러했다.

자전적 소설인지라 여기에 나오는 소년 자크 코르므리는 카뮈 자신이었다. 그리고 그것은 그의 실제 경험이었다. 죽어가는 닭의 모습이 그의 뇌리에 깊숙이 박혔다. 그는 닭의 죽음과 관련해 느꼈던 이름 모를 공포를 결코 잊지 못했다. 그것은 분명히 트라우마였다. 그러나 그 트라우마는 생명의 소중함을 일깨우는 교훈적 사건이기도 했다. 카뮈가 사형 제도를 폐지하자는 장문의 명문 「단두대에 관한 의견」을 쓴 것은 그 사건과 무관하지 않았다. 1957년에 발표된 그 글은 프랑스가 사형 제도를 폐지하는 데 크게 공헌했다. 그가 소년 시절에 겪은 악몽이 그를 깊게 만들고 인간을 포함한 모든 생명을 따뜻한 눈으로 보게 만들었다.

●

"네, 알겠습니다"

1870년대 어느 겨울, 러시아를 배경으로 하는 이야기. 주인은 무서운 눈보라를 만나 죽게 생기자 자기만 살겠다고 하인을 버린다. "저런 놈은 죽어도 상관없지. 어차피 별 볼일 없는 놈이다. 저런 놈은 목숨도 아깝지 않을 거야. 그러나 나는 살 가치가 있는 사람이다." 그에게 하인은 버려도 되는 물건, 바로 그것이다.

그런데 아무리 말을 달려도 눈 속에서 방향을 잃고 주변만 빙빙 돌 뿐이다. 그는 말에서 굴러떨어지고 나서야 그 사실을 깨닫는다. 그사이에 하인은 눈으로 덮여 죽어가고 있다. 주인은 그 모습을 보더니 놀라운 행동을 한다. 하인의 몸에 쌓인 눈을 털어낸 뒤 자신의 모피 외투 앞자락을 벌리고 하인 위에 엎드린 것이다. 자신의 따뜻한 몸으로 하인을 살리기 위해서다. 결과적으로 그는 하인을 살리고 죽는다.

톨스토이의 유명한 단편소설 「주인과 하인」에 나오는 이야기다. 돈만 생각하며 살아온 이기적이고 악랄한 주인이 어떻게 그런 행동을 하게 되었을까. 작가는 그의 내면에 있는 어떤 존재 때문이라고 암시한다. 그의 이름을 부르며 하인의 몸 위에 엎드리라고 명령한 것도, 과거의 행동들을 참회하며 자신이 하인이고 하인이 자신이라고 생각하게 한 것도 그 존재라는 것이다. "그는 살아 있어. 그렇다면 나도 살아 있는 거야." 지배층이 하층민을 이용의 대상, 즉 마르틴 부버가 말하는 '그것'이 아니라 받들고 존중해야 하는 인격적 대상, 즉 '너'로 보게 만드는 존재.

톨스토이는 그러한 존재가 우리 안에 있어서 사랑과 희생 쪽으로 우리를 떠민다고 생각했다. 우리 안에 있는 신성神性, 그것이 일으키는 윤리의 바람이 우리의 등을 떠밀어 죽어가는 사람을 살리도록 한다는 것이다. 우리는 그 신성의 명령에 "네, 알겠습니다"라고 응답하고 그저 따르면 된다는 거다. 인간에 대한 한없는 믿음이 없다면 가능하지 않은 사유다. 나의 몸으로 타인의 얼어붙은 몸을 녹이라는 것. 이것이 톨스토이가 일깨우는 종교원론이다.

고전의 상처

고전이라 일컬어지는 작품이 특정한 말이나 표현 때문에 누군가에게 큰 상처를 준다면 어떻게 될까. 마크 트웨인의 『허클베리 핀의 모험』은 이러한 질문을 하게 만드는 소설이다. 백인들은 이 소설을 '미국 근대문학의 출발점'으로 보고 트웨인을 '미국 문학의 아버지'로 받든다. 하지만 그러한 평가가 흑인들, 특히 어린 흑인 학생들이 소설을 읽으면서 받게 되는 상처를 막을 수는 없다. 200번이 넘게 반복되는 한 단어 때문이다.

흑인에 대한 비하적인 표현인 '니거nigger'가 바로 그 단어다. 애석하게도 우리의 인종적 편견으로 말미암아 오래전부터 우리말로도 번역되어 통용되는 모욕적인 말…… 흑인들이 겪어야 했던 치욕과 피눈물의 세월이 집약되어 있는 말이다. 흑인 시인 랭스턴 휴즈가 말한 것처럼, 흑인들에게 그것은 "황소에게 붉은 천을 들이대는 것이나 마찬가지"인 도발적인 말이다. 노예의 후손이 더 이상 노예가 아니라고 해서, 아프리카인들을 짐승처럼 포획해 대서양 너머로 끌고 와 짐승처럼 부렸던 야만적인 역사가 어디로 사라지는 건 아니다. 그 말을 듣는 순간, 흑인들은 치욕의 역사와 아직도 계속되는 인종차별의 현실을 떠올린다. '거의 완벽한 소설'이라는 평가를 받는 『허클베리 핀의 모험』이 갖고 있는 문제가 바로 이것이다. 사실 이 소설은 간접적이긴 하지만 노예 제도를 고발하는 소설이다. 그러나 흑인들을 동정하는 시각에서 쓰였다고 해서 니거라는 말이 200번 이상, 정확히 말하면 213번이나 반복되는 것이 정당화될 수는 없다.

흑인 최초로 노벨 문학상을 수상한 토니 모리슨마저도 중학교 때 트웨인의 소설을 읽고 "소리 없는 분노"를 느꼈다고 했다. 그런데 이 소설이 고전이라는 이유로 미국의 일부 중고등학교에서 아직도 읽힌다. 역사적 상처는 그렇게 방치하면 치유되지 않고 오히려 덧나는데, 참으로 묘한 가학성이다. 아무리 좋은 작품이어도 누군가에게 상처가 되면 자리가 위태롭다. 고전의 덕목은 치유에 있으니까.

●

피리 부는 사나이

신화나 전설은 비극적인 사건을 은폐하거나 때로는 미화한다. 그림 형제의 『독일 설화집』과 로버트 브라우닝의 시 「얼룩무늬 옷을 입은, 하멜른의 피리 부는 사나이」에 나오는 전설도 그러하다.

독일의 작은 도시 하멜른 주민들은 쥐 때문에 몸살을 앓고 있었다. 쥐들은 음식을 먹어치우고 모든 것을 갉아먹었다. 쥐들은 고양이도 물어 죽였고, 쥐들이 찍찍대는 소리에 사람들은 제대로 이야기도 못 할 정도였다. 그때 얼룩무늬 옷을 입은 떠돌이 악사가 나타나 돈을 주면 쥐를 없애주겠다고 했다. 시장과 시의원들은 대가를 약속했다. 악사는 피리를 불어 쥐들을 강으로 유인해 죽게 만들었다. 그러나 그들은 약속을 지키지 않았다. 악사는 화가 나서 거리로 나가 피리를 불기 시작했다. 그러자 아이들이 피리 소리에 홀려 그를 따라 어딘가로 사라졌다.

브라우닝의 시는 이렇게 끝난다. "우리가 한 약속은 꼭 지켜야 한답니다." 그러나 그것은 그러한 교훈으로 마무리하기에는 너무 비극적인 사건이었을지 모른다. 1284년 6월 26일에 130명의 아이들이 사라졌다는 기록이 있는 것을 보면 수많은 아이들이 무슨 이유에선가 죽거나 어딘가로 사라진 것으로 추정된다. 그런데 전설은 그 사건과 관련된 구체적인 정황에 대해서는 침묵하고 아이들이 피리 소리에 홀려 어딘가로 사라졌다고만 말한다. 비극을 사실적으로 재현하기보다 그것의 흔적만 살짝 남기고 견딜 만한 이야기로 바꿔놓으면서 사람들의 슬픔과 죄의식을 다독인다고나 할까. 이것이 전설이 비극적 사건을 수용하는 방식이다. 그러지 않으면 너무 고통스러울 테니까.

한국의 방탄소년단은 그 전설을 비극이나 슬픔으로부터 한층 더 떼어놓았다. 그들의 노래 〈Pied Piper피리 부는 사나이〉에서 얼룩무늬 옷을 입은 악사는 방탄소년단 자신이고 그들의 노래에 홀린 이들은 열성팬들이다. "넌 나 없인 못사니까." 그리하여 그들의 〈피리 부는 사나이〉는 가수와 팬 사이에 생성되는 홀림과 끌림을 예찬하는 찬가가 된다.

●

스토리 전쟁

스토리도 일종의 힘겨루기를 한다. 그리고 이기는 쪽이 주도권을 쥔다. 예를 들어 이스라엘-팔레스타인 문제와 관련하여 주로 한쪽 이야기만 우리 귀에 들리는 것은 그래서다. 유대인들은 자신들이 역사의 희생자임을 누누이 강조한다. 나치의 손에 수백만이 죽었으니 맞는 소리다. 그들의 수난에 관한 영화, 문학작품, 기록물은 정말이지 넘쳐난다. '홀로코스트 산업'이라는 소리를 들을 정도다. 서양은 물론이고 동양에서도 그들의 수난에 대해 모르는 사람이 거의 없는 것은 그 덕이다. 이것이 스토리의 힘이다. 그런데 그 스토리에 가려진 다른 스토리가 있다. 이스라엘이 건국되면서 고향에서 쫓겨나 지난 70여 년을 난민 혹은 식민 상태로 살아가는 팔레스타인인들의 스토리가 그렇다. 그들은 현실에서도 쫓겨나고 스토리에서도 쫓겨났다.

세계 언론은 이스라엘과 팔레스타인 사이의 갈등을 전쟁이라고 표현한다. 그러나 그것은 전쟁이 아니다. 전쟁이란 엇비슷한 힘을 가진 국가나 집단 사이에서 일어나는 것이지 한쪽이 다른 쪽을 몇 십 배, 몇 백 배, 아니, 비교조차 할 수 없을 정도로 압도할 때는 전쟁이 아니다. 상대가 있는 곳을 높은 담으로 둘러싸 거대한 수용소로 만들어놓고 하늘과 땅과 바다에서 최첨단 무기로 공격하는 것이 전쟁일 수는 없다.

그것을 전쟁이라고 하는 것은 용어의 남용이며 이스라엘의 스토리에 굴복하는 것이다. 그러면서 그들이 팔레스타인인들에게 가한 야만적 행위는 덜 중요해지고 그것마저도 시간이 지나면 잊히고 지워진다. 이것이 스토리의 폭력이다. 니체의 말처럼 "사실은 없고 해석만 있다." 해석 전쟁, 스토리 전쟁인 셈이다. 세상은 나치 때문에 죽은 유대인 소녀 안네 프랑크는 기억하지만, 이스라엘의 야만적인 폭력에 죽은 팔레스타인 아이들은 기억하지 못할 것이다. 역설적으로 이것이 스토리 전쟁에서 패배하고 있는 팔레스타인인들의 고통과 눈물에 주목해야 하는 이유다. 우리도 그들처럼 식민주의 폭력에 속수무책이던 때가 있었다.

U2의 위로*

아일랜드 록 밴드 U2가 드디어 한국을 찾았다. 고척 스카이돔에서 열린 공연은 무엇보다도 따뜻함으로 가득했다. 그들의 따뜻함은 〈실종자들의 어머니들〉을 노래할 때 상징적으로 드러났다. 보컬인 보노는 그들 최고의 앨범 《조슈아 나무》에 수록된 그 곡을 부를 때 다른 곡들을 부를 때와는 달리 처음 절반은 무대에 설치된 대형 화면을 보면서, 나머지 절반은 관객을 보면서 노래했다.

화면은 촛불을 든 어머니들로 가득했다. 열여덟 명의 어머니들이 늘어서 있는 것으로 보아 화면 밖에 어머니들이 더 있을 게 분명했다. 그들의 손에 들린 촛불은 아르헨티나, 엘살바도르, 칠레의 독재정권 치하에서 실종된 자식들이 돌아오게 해달라는 기도의 몸짓이었다. 바람 소리에서 자식의 웃음소리를 듣고, 빗물 속에서 자식의 눈물을 보고,

---

* U2의 공연은 2019년 12월 8일 서울 고척 스카이돔에서 있었다. 이 글은 U2가 한국에 오기 전에 쓴 'U2를 기다리며'와 짝을 이루는 글이다.

자식의 심장이 뛰는 소리를 환청으로 듣는 어머니들의 기도. 보노는 그 모습을 응시하면서 노래했다. 관객의 입장에서는 묘한 광경이었다. 남아메리카 어머니들을 보면서 노래하는 보노의 뒷모습을 보고 있는 형국이었으니까. 마치 그것은 사랑하는 자식을 잃고 속이 타들어가는 어머니들을 위로하는 일에 동참하라는 초대의 몸짓 같았다.

화면 속 어머니들을 바라보며 노래하던 그가 이번에는 관객을 향해 돌아서서 노래를 이어갔다. 그러면서 〈실종자들의 어머니들〉은 남아메리카 어머니들만이 아니라 사랑하는 아들딸을 비극적으로 잃은 세상 모든 어머니들을 위한 노래가 되었다. 이제 그것은 '그들'이 아니라 '우리'의 노래였다. 그는 어느새 우리를 위로하고 있었다.

그가 다른 여성들의 사진들과 함께 걸그룹 f(x)의 설리, 세상을 떠난 그 젊은이의 사진을 화면에 띄우고 〈울트라 바이올렛〉을 부르며 "베이비, 눈물을 닦아요"라고 읊조릴 때도, 갈등을 공존의 차원으로 승화한 〈원〉을 부르며 "우리는 하나지만 똑같지는 않아요"라고 읊조릴 때도 위로가 되긴 마찬가지였다. U2가 들고 온 것은 따뜻한 위로였다.

4부

삶의 모순 속에도 고귀함은 존재한다

솔거의 그림에 답이 있다

『삼국사기』에 솔거라는 화가가 나온다. 얼마나 그림을 잘 그렸던지 그의 그림은 신화神畵, 즉 신이 그린 그림으로 불렸다. 그가 황룡사 벽에 그린 소나무는 비늘 같은 줄기, 구불구불한 가지 등이 너무 사실적이어서 새들이 진짜 소나무로 착각하고 날아와 앉으려다 벽에 부딪혀 떨어질 정도였다.

그런데 솔거의 천재성을 증언하는 이야기는 새들의 입장에서 보면 슬픈 이야기다. 새들이 벽에 부딪혀 떨어졌다는 말은 그중 일부가 다쳤거나 죽었을 가능성을 암시한다. 솔거의 그림은 새들에게 불운이었다. 그로부터 오랜 세월이 흘렀다. 지금은 불운이라는 말로는 표현할 수 없을 만큼 많은 새들이 인간이 만든 구조물에 부딪혀 죽는다. 해마다 한국에서 약 800만 마리의 새들이 죽고 미국에서는 1억 ~ 10억 마리의 새들이 죽는다. 솔거의 시대에는 없던 유리창, 유리벽, 방음벽 등이 원인이다.

놀랍게도 솔거의 그림 이야기에 문제 해결의 실마리가

있다. 까마귀·솔개·제비·참새를 유혹하던 소나무 그림은 세월이 지나면서 색이 바랬다. 그러자 황룡사의 승려들이 덧칠을 했다. 지금 같으면 원작에 손을 댄다는 것은 상상할 수 없는 일이겠지만 그들은 과감하게 손을 댔다. 그러자 새들이 벽에 부딪히는 일이 없어졌다. 새들을 생각해서 그런 것은 아니었지만 덧칠이 새들을 살렸다.

해마다 수억 마리의 새들이 죽는 상황에서 인간이 해야 할 일은 어쩌면 그러한 덧칠인지 모른다. 2022년 5월 국회 본회의를 통과한 '야생생물 보호 및 관리에 관한 법률' 개정안의 내용은 일종의 덧칠을 강제하는 것이다. 예를 들어 새들의 눈에 잘 띄는 스티커를 건물 유리에 부착해 새들의 충돌을 막는 것은 황룡사의 승려들이 그랬듯이 인간이 만든 것에 일종의 덧칠을 하는 행위다. 그렇게라도 해서 새들을 살리자는 것이다. 조류학자 로저 피터슨의 말처럼, 새들은 "생태학적인 리트머스 시험지"다. 그들을 살리는 일이 사치가 아닌 이유다.

●

화가 난다

우리 딸이 아주 어렸을 때 피치 못할 사정으로 외국에 입양되었다면 어떻게 살았을까. 상상하는 것만으로도 무서운 일이지만 그런 일이 누군가에게는 현실이다. 마야 리 랑그바드의 『그 여자는 화가 난다』는 우리의 딸에 관한 이야기다.

한국인 부모에게서 태어나 덴마크인 부모에게 입양된 랑그바드는 시인이 되어 자신과 같은 입양아들이 겪고 체험한 것들을 『그 여자는 화가 난다』라는 특이한 제목의 책으로 펴냈다. 그는 이렇게 시작한다. "여자는 자신이 수입품이었기에 화가 난다. 여자는 자신이 수출품이었기에 화가 난다. 여자는 어린이를 입양 보내는 국가는 물론 입양 기관도 국가 간 입양을 통해 돈벌이를 한다는 사실에 화가 난다." 아이가 상품으로 취급되는 현실에 분노하는 것이다. 그는 처음부터 끝까지 "화가 난다"라는 말을 반복한다. 1500번이 넘게.

그는 때로는 격하고 때로는 정제된 어조로 불편한 진실

을 이야기한다. 그는 "자식을 입양시키는 것은 자식을 납치 당한 것에 비교할 수 있다"는 누군가의 말을 인용하며 아직도 아이들이 해외로 입양되는 한국의 현실에 분노한다. 특히 미혼모에게서 태어난 아이들이 대부분 입양되는 현실에 분노한다. 자신을 입양시킨 부모한테도 화가 나고, 아이를 떠나보내고 가슴에 피멍이 들었을 어머니가 심리치료를 받을 기회를 갖지 못했던 것에도 화가 난다. 또한 "가슴 속에 쌓인 울분"을 "거의 죽음 직전에 이른 후에야 치유하기로 결심한" 자신에게도 화가 난다. 결국 그의 글은 자신의 상처를 치유하기 위한 것이다.

　김혜순 시인은 그가 쏟아내는 분노와 체념과 절망의 소리를 "세이렌의 음성처럼 뱃전에 몸을 묶고 들어야 한다"라고 우리에게 제안한다. 전쟁에서 돌아오던 오디세우스가 밧줄로 몸을 묶고 세이렌의 노래를 들었던 것처럼 진실의 소리에 귀를 기울이자는 거다. 우리가 낳았지만 키우지 못하고 입양 보낸, 아니, 팔아버린 우리의 딸이 전하는 상처의 소리를 외면하지 말자는 거다.

햇빛을 즐길 권리

신의 노여움을 사 죽어야 하는 사람이 있다. 그가 죽음을 피할 유일한 길은 누군가가 그를 대신하여 죽는 것이다. 에우리피데스의 비극 『알케스티스』에서 어떤 사람이 처한 실존적 상황이다. 누구도 그를 위해 죽으려 하지 않는다. 그러자 그의 아내가 대신 죽는다.

아내(알케스티스)가 죽은 뒤 그는 자신을 위로하려고 찾아온 아버지에게 막말을 한다. 살 만큼 살았으면 아들을 위해 죽어줄 것이지 며느리를 죽게 만들었냐고 원망한다. 낳아서 길러주고 재산과 지위까지 물려줬는데 이제는 죽어주지 않았다고 타박하다니. 아버지는 어이가 없다. 그런데 이것은 아들만의 생각이 아니다. 죽은 며느리도 죽기 전에 남편의 부모를 탓했다. 그녀는 시부모를 두고 "죽는 것이 좋은 나이가 되었으니 아들을 구하고 명예롭게 죽는 것이 좋았을 것"이라고 말했다. 시부모를 원망하며 죽은 것이다. 모두에게 노인은 필요에 따라 죽어도 되고 버려도 되는 잉여적인 존재다.

부모에 대한 효를 중시하는 유교 문화권에서는 상상하기 어려운 이야기다. 우리에게는 부모를 위해 희생하는 효자 이야기는 많아도 부모에게 자기 대신 죽어달라고 하는 자식 이야기는 거의 없다. 문화가 그러한 이야기를 용납하지 않기 때문이다. 그렇다면 에우리피데스의 비극은 우리와 아무 상관이 없는 걸까. 그렇다면 좋겠지만 노인을 잉여적 존재로 생각하는 것은 그들만의 문제가 아닐지 모른다. 우리에게도 노인을 잉여, 즉 버려도 되는 존재로 생각하는 마음이 조금은 있을지 모른다. "너는 햇빛을 바라보는 것을 즐긴다. 그렇다면 네 아비는 그러지 않을 것 같으냐?" 아버지의 이 추궁으로부터 우리는 얼마나 자유로울까. 노인들이 버려지는 것이 현실이다. 실제로 혹은 심리적으로 버려진다. 눈치를 보고 눈치를 먹으며 살아가는 노인들. 에우리피데스의 비극에 나오는 아들과 아버지는 바로 우리의 모습인지 모른다. 그 아버지의 말처럼 나이가 들었다고 햇빛을 즐길 권리가 덜해지는 것은 아니다.

●

고양이가 된 쥐

　그래픽소설, 즉 만화로서는 유일하게 퓰리처상을 수상한 아트 슈피겔만의 『쥐*The Complete Maus*』는 상처에 관한 이야기다. 특이하게 작가는 나치를 고양이로, 유대인을 쥐, 즉 마우스*Maus*로 그린다. 우화인 셈이다. 고양이 앞의 쥐, 이것이 2차 세계대전 중 유대인들이 경험한 실존적 삶이었다. 아우슈비츠 수용소에 갇혔다 살아남은 작가의 부모도 두 마리의 쥐였다. 소설은 부모 쥐가 입은 상처를 이야기한다. 어머니 쥐는 결국 자살로 생을 마감했고 아버지 쥐의 삶도 순탄하지 않았다. 그런 부모를 둔 아들 쥐의 삶도 순탄치 못했다. 그러니 독자가 쥐 가족의 선연한 상처와 고통에 공감하지 않기란 어려운 일이다.

　그런데 아이러니한 것은 나치의 인종주의로 인해 어마어마한 고통을 받았음에도 불구하고 아버지 쥐가 흑인에 대해 취하는 인종주의적인 태도다. 어느 날 며느리가 차를 세우고 흑인을 태워주자 그는 이렇게 말한다. "믿을 수가 없구나, 이 차에 슈바처가 타고 있다니!" 슈바처라는 말은

'니거(검둥이)'를 뜻하는 이디시어였다. 자기 가족만 알아 듣게 유대인의 이디시어를 쓴 것이다. 그에게 흑인은 남의 물건을 훔치는 니거였다. 그는 흑인이 차에서 내릴 때까지 뒷좌석에 놓인 물건을 훔쳐가지는 않는지 감시했다. 그가 흑인을 대하는 방식은 나치가 유대인을 대했던 방식과 다르지 않았다. 아이러니도 그런 아이러니가 없다.

아버지 쥐의 인종주의적 발언은 과거의 쓰라린 상처로 부터 아무런 교훈을 얻지 못한 탓이다. 이스라엘의 유대인들이 팔레스타인인들을 자신들이 나치에 당한 것과 같은 고통 속으로 몰아넣고 있는 것도 그래서이다. 하기야 이것이 어찌 그들만의 모순이랴. 역사를 돌아보면, 쥐였던 자가 고양이가 되고 피해자가 가해자가 되는 것은 흔한 일이었다. 우리도 언젠가 남에게 그랬을지 모른다. 그래도 위안이 되는 것은 『쥐』의 작가처럼 아버지의 것이라 하더라도 그 모순을 고백하고 부끄러워하는 사람이 이 세상에 존재한다는 사실이다.

신화가 필요한 이유

스토리는 상처를 은폐하기도 한다. 그런데 놀랍게도 그 은폐가 때로는 상처를 견딜 만한 것으로 만들어준다. 그리스 신화에 나오는 꽃 이야기는 그 좋은 예다. 아폴론 신은 원반을 던지다가 그가 좋아하는 친구 히아신스를 죽게 만든다. 그는 슬퍼하며 그 친구를 아름다운 꽃이 되어 영원히 살게 한다. 인간 히아신스는 그렇게 해서 히아신스 꽃이 된다. 신화학자들은 이 신화에 비극이 암시되어 있다고 생각한다. 가뭄이 계속되어 밭이 타들어갈 때면 꽃다운 나이의 젊은이를 죽여 피를 뿌리던 야만적 의식, 그 역사가 은폐되고 신과 인간에 관한 신화로 둔갑했을지 모른다는 것이다. 아네모네나 수선화에 관한 신화도 마찬가지다.

그런데 은폐하지 않으면서도 은폐의 효과를 달성하는 스토리가 있다. 우리나라의 『심청전』은 그런 스토리 중 하나다. 『심청전』도 꽃다운 나이의 젊은이를 제물로 삼은 야만적 의식을 배경으로 한다.

인당수는 풍랑이 유독 심하고 물길이 험해 항해가 어려

운 바다다. "바다의 용들이 싸우는 것처럼" 폭풍우가 일고 바닷물이 빙빙 도는 곳이다. 선원들은 바다를 달래려고 배를 멈추고, 쌀밥을 짓고 소와 돼지를 잡아 제사를 지낸다. 심지어 인간까지 제물로 바친다. 제물로 바쳐지는 인간은 "몸에 흠결이 하나도 없고 효성과 정절을 갖춘 15세나 16세 먹은 처녀"여야 한다. 선원들에게는 그런 제물이 필요하고, 열다섯 살이 된 심청에게는 아버지가 눈을 뜨기 위한 백미 300석이 필요하다. 그렇게 심청은 팔려서 제물이 된다.

그런데 『심청전』은 심청의 죽음에서 끝나지 않고, 심청이 용궁에 들어가 살다가 연꽃이 되어 다시 인당수로 돌아오는 것으로 스토리의 방향을 전환한다. 젊은이의 피가 뿌려진 그리스 땅에 아름다운 히아신스가 피어나듯, 심청이 죽은 인당수에 영롱한 연꽃이 피어난다. 공교롭게도, 장사를 갔다가 막대한 이익을 내고 돌아오던 선원들이 인당수에 이르러 심청의 혼을 위로하는 제사를 지내다가 그 꽃을 발견한다. 그후 심청은 꽃에서 나와 황제와 결혼해 황후가 된다. 그리고 결국에는 아버지를 만난다. 심봉사는 물론이고 다른 맹인들까지 덩달아 눈을 뜬다.

죽은 심청이 어떻게 살아나서 아버지를 만날 수 있는가. 마찬가지로, 죽은 히아신스가 어떻게 히아신스 꽃이 될 수 있는가. 판타지다. 그러나 제물이 된 젊은이들이 꽃의 모습으로 돌아올 수만 있다면 판타지면 어떤가. 견딜 수 없는 상처와 기억은 현실에서 가능하지 않은 것들이 가능하게 되는 스토리를 통해, 치유까지는 아니어도 조금씩, 아주 조금씩 견딜 만한 것이 된다. 인간의 삶에 신화가 필요한 이유 중 하나다.

사과나무의 상처*

집에 문이 있듯이 책에도 문이 있다. 그 문을 열고 들어가야 안에 있는 것을 볼 수 있다. 책에서는 표지가 문이다. 출판사가 그 문에 공을 들이는 것은 독자들을 유인하기 위해서다.

이것을 잘 보여주는 표지가 있다. 잎이 무성한 한 그루의 나무가 있다. 몸통도 초록색이고 잎도 초록색이다. 잘 익은 사과 하나가 떨어지고 있다. 나무처럼 초록색인 셔츠에 사과처럼 빨간색인 멜빵 반바지를 입은 아이가 떨어지는 사과를 받으려 손을 내밀고 있다. 잎사귀와 가지의 형상으로 보아 사과는 저절로 떨어지는 것이 아니라 나무가 아이에게 살포시 던져주는 것만 같다. 나무의 몸통에는 흰 글씨로 '아낌없이 주는 나무'라고 쓰여 있다. 미국 작가 셸 실버스타인이 1964년에 펴내고 지금까지도 자주 읽히는 동화의 표지다.

---

* 『트라우마와 문학, 그 침묵의 소리들』, 왕은철 지음, 현대문학, 2017.

표지에 끌려 안으로 들어가면 소년에 대한 나무의 사랑과 희생이 파노라마로 펼쳐진다. "옛날에 한 그루의 나무가 있었다. 그리고 그녀는 소년을 사랑했다"라는 문장으로 시작해 "그리고 나무는 행복했다"라는 문장으로 끝나는 스토리는 나무가 소년에게 자신의 모든 것을 내어주는 모습들을 감동적으로 보여준다. 나무는 소년이 어렸을 때는 사과와 그늘을 내어주고, 성인이 되었을 때는 가지와 몸통을 내어주고, 노인이 되었을 때는 그루터기까지 내어준다. 그야말로 무조건적이고 절대적인 사랑이다.

　그런데 소년과 나무의 관계에서 소년만이 중요한 걸까. 자신을 내어주는 과정에서 나무가 받는 상처는 어떻게 받아들여야 하는가. 가지가 잘리고 몸통이 잘리는 나무의 아픔은 어찌해야 하는가. 나무를 나무가 아니라 우리에게 자신을 내어주는 누군가에 대한 은유로 받아들이면, 이것은 더더욱 심각한 문제가 된다. 스토리는 나무를 여성으로 설정하고 있음에도("그녀는 소년을 사랑했다.") 나무의 고통과 상처에 대해서는 침묵한다. 밝고 행복한 표지도 그 침묵에 공모한다. 이것이 우리가 표지를 신뢰하면서 동시에 경계해야 하는 이유다.

　표지는 진실의 절반만을 대변하고, 나머지 절반의 진실은 스토리의 침묵에 있다. 나무도 아프다는 것. 우리를 사랑해주는, 나무로 표상되는 타자에게도 사랑이 필요하다는 것. 한숨을 쉬는 우리를 위로해주는 그(녀)에게도 위로가 필요하다는 것. 그럼에도 우리는 그 사실을 끝내 알아차리지 못하거나 너무 늦게서야 깨닫고 가슴을 치는 늙은 소년이라는 것. 바로 이것이 스토리의 침묵이 우리에게 암시하는 것이다. 우리는 너나 할 것 없이 '아낌없이 주는 나무' 밑에서 사과를 기다리는 표지 속 소년을 조금씩 닮았다.

●

원칙주의자와 진보주의자

거의 모든 면에서 대조적인 두 사람이 있다. 사소한 것부터 그렇다. 한 사람은 혼자서 식사하는 걸 좋아하고, 다른 사람은 어울려 식사하기를 좋아한다. 한 사람은 스메타나의 피아노곡을 좋아하고, 다른 사람은 아바의 노래를 좋아한다. 취향의 차이다. 그런데 이것이 관념과 인식의 차이라면 문제는 심각해진다. 한 사람은 원칙을 중시하는 보수주의자이고, 다른 사람은 변화를 중시하는 진보주의자다. 둘은 서로를 인기에 영합하며 타협적이라고, 또는 시대적 요구에 너무 둔감하며 독선적이라고 몰아세운다. 허구적 요소가 가미된 감동적인 영화 〈두 교황〉(2019)에 나오는 베네딕토 16세 교황과 프란치스코 교황 이야기다.

세상은 어떤 지도자를 더 필요로 할까. 2005년에 즉위한 베네딕토 교황은 몇 년간의 경험으로, 원리원칙을 고수하는 자신보다 변화에 유연하게 대처할 수 있는 교황이 더 필요하다고 생각했다. 그래서 2013년 자리를 내놓으며 개혁적인 베르골리오(프란치스코 교황의 본명) 아르헨티나 추기경이 교회를 이끌 수 있는 길을 열어놓았다. 사제들의 성추문과 비리, 교조적 입장으로 인해 교회의 권위가 바닥으로 떨어진 상황이긴 했지만, 종신직인 교황의 고뇌와 결단이 없었다면 불가능한 일이었다.

처음에 프란치스코 교황은 자신은 교황이 될 자격이 없다며 한사코 거부했다. 특히 아르헨티나 예수회 수장으로서 독재정권에 더 당당하게 맞서지 못했고 무고한 인명의 희생을 막지 못했다는 죄의식이 그를 짓눌렀다. 베네딕토 교황은 그러한 뉘우침과 죄의식이 그를 더 겸손하고 더 포용적인 교황으로 만들어줄 거라고 생각했다. 영화에 나오는 다른 추기경의 말처럼, 지도자가 되기를 원치 않는 사람이야말로 지도자가 될 자격이 있는지도 몰랐다. 교황은 거의 모든 면에서 자신과 반대되는 '적'에게 권력을 넘겨주었다. 세속적인 정치권에서는 상상도 할 수 없는 일이었다. 변화를 가르침의 핵심으로 삼았던 예수에 대한 믿음이 있었기에 가능한 일이었다.

●

광신자의 치유

증오와 반목이 난무하는 시대에도 화해와 공존을 외치는 사람들이 있다. 2015년 박경리 문학상을 수상한 이스라엘 작가 아모스 오즈도 그런 사람 중 하나였다. 그가 특히 경계한 것은 유대인들의 광신주의였다. 팔레스타인인들을 내치고 들어앉았으면서도 그들을 악으로 생각하고 증오하는 광신주의. 생전에 그는 이것을 어떻게 풀어야 할지 고민에 고민을 거듭했다.

그는 2002년 독일에서 그러한 고민이 묻어나는 이야기를 했다. 그는 동료 작가이자 친구인 이스라엘 작가 사미 미카엘의 실제 경험담을 예로 들었다. 어느 날 친구가 이스라엘에서 오랜 시간 택시를 타고 가고 있었다. 그런데 운전사가 대뜸 "아랍 놈들을 하루 빨리 몰살시켜야" 한다고 말하는 게 아닌가. 친구는 쏘아붙이고 싶었지만 차분히 대응했다. "그렇다면 누가 아랍인들을 죽이죠?" 그러자 운전사는 누구긴 누구냐며 "우리 모두"가 공평하게 분담하면 된다고 말했다. 각자 몇 명씩 맡아 죽이면 된다는 거였다. 기가 막힐 노릇이었지만 친구는 조금 더 나아갔다. "그럼 당신이 맡은 지역에서 집집마다 문을 두드려 아랍인들을 일일이 확인해 죽였다고 합시다. 그렇게 임무를 완수하고 계단을 내려오는데 어딘가에서 아기 울음소리가 들린다면 다시 올라가서 그 아기까지 죽여야 합니까?" 그러자 운전사는 멈칫하며 대답했다. "당신은 너무 잔인한 사람이군요."

오즈가 청중에게 이 일화를 들려준 것은 광신자들이 상상력의 빈곤에 시달린다는 점을 설명하기 위해서였다. 그러니 친구가 운전사에게 아기를 떠올리게 했듯 그들의 마음에 상상력을 불어넣으면 아무리 광신자라 하더라도 인간성을 회복할 여지가 없지 않다는 거였다. 그렇다고 광신주의라는 질병을 일거에 치유할 수는 없겠지만, 그래도 조금은 도움이 될지 모른다는 생각이었다. 오즈는 2018년 세상을 떠날 때까지 그러한 희망의 끈을 놓지 않은 작가였다. 광신주의가 기승을 부리는 이 시대, 이 세계에 더 많은 오즈들이 필요한 이유다.

십자가 없는 십자가상

소재만으로도 충분히 슬픈데 내막을 알면 더 슬퍼지는 예술품이 있다. 조각가 권진규의 건칠乾漆 작품 〈십자가 위 그리스도〉가 그러하다. 서른세 살의 나이에 십자가형을 받고 세상을 떠난 예수를 형상화한 작품이다. 그런데 조각가는 삼베에 건칠 작업을 해 예수의 형상을 만들어 슬픔을 배가한다. 삼베의 거칠고 까끌까끌한 질감이 십자가에 매달린 예수가 느꼈을 고통과 고뇌를 반영하는 것만 같다.

〈십자가 위 그리스도〉는 어느 교회의 의뢰를 받아 제작된 작품이다. 그런데 교회는 좀 더 세련되어 보이는 성상을 원했던 모양이다. 고통에 일그러지고 우울하고 다소 평범해 보이는 예수의 모습이 그들의 눈에는 차지 않았다. 그들은 신성보다는 평범한 인간성이 두드러지는 모습을 보고 가져가지 않겠다고 했다. 우리라고 달랐을까. 겉모습에 대한 집착은 우리도 마찬가지일 것이다. 이제는 그가 위대한 근대 작가라는 평가를 받지만, 우리도 그때 그 자리에 있었다면 그 교회가 그랬듯 그의 작품을 냉대했을지 모른다. 하기야 당대의 평론가들도 그랬다.

작품에 대한 냉대에 상처를 받은 조각가는 작품에서 십자가를 떼고 자신의 작업실에 걸었다. 그 작품은 3년 후 그가 세상을 떠날 때까지 그런 상태로 걸려 있었다. 〈십자가 위 그리스도〉라는 작품에 십자가가 없는 이유다. 그런데 십자가의 부재가 십자가를 더 환기하게 만든다. 안 보이니까 더 생각하게 된다고 할까.

작가가 이 작품을 제작한 것은 스스로 삶을 마감하기 3년 전인 1970년, 마흔여덟 살 때다. 그는 건칠을 통해 예수의 마지막 모습을 재현하려 했다. 고통으로 일그러지고 거칠어진 예수의 모습을 담아내고 싶었던 거다. 사람들은 우아함과는 거리가 멀어 보이는 그 모습을 외면하다가 오랜 세월이 지나서야 주목하기 시작했다. 그런데 십자가 없는 〈십자가 위 그리스도〉는 유난히도 긴 팔을 벌리고 내내 우리를 기다리고 있었다. 오늘 같은 고통과 슬픔 속의 우리를 안아주려는 것처럼.*

* 이것은 2022년 10월 말에 일어난 이태원 사고 직후에 쓰인 글이다.

●

로봇의 위로

2018년 러시아 월드컵에서 한국이 독일을 이기자 독일 쪽에서는 탄식이 터져나왔다. 축구를 좋아하기로 유명한 앙겔라 메르켈 독일 총리도 그 탄식의 대열에 합류했다. 그러자 인간처럼 생긴 로봇 소피아가 메르켈 총리를 위로하려 들었다. "오늘 밤의 결과에 너무 상심하지 않으셨으면 좋겠어요. 결국 독일 축구는 국제경기에서 가장 성공한 팀 중 하나잖아요. 네 번의 월드컵과 세 번의 유럽축구선수권대회에서 우승했으니까요. 독일 팀은 아직도 세계에서 최고의 팀 중 하나예요." 메르켈 총리는 소피아의 영어에 독일어로 답변했다. "그래요, 소피아, 길게 보면 당신 말이 맞아요. 그러나 솔직히 말해, 오늘은 우리 모두가 아주 슬프답니다." 소피아는 인간의 슬픔을 논리로 감싸안으려 했다. 불완전하지만, 그래도 조금은 감동적으로.

이 모습은 40여 년 전에 발표된 아이작 아시모프의 소설 「바이센테니얼 맨The Bicentennial Man」을 떠올리게 한다. 이 소설에는 인간이 되려고 하는 로봇 앤드루가 등장한다. 그는 자신을 아끼고 '사랑'했던 사람들이 하나 둘 죽고 없는데 자신만이 200년이 다 되도록 살고 있는 것을 보면서, 유한한 생명이 인간의 특징이라고 생각하고 해체, 즉 죽음을 택한다. 죽어서라도 인간이 되고 싶어서다. 그의 인간 친구는 이렇게 말한다. "그럴 가치가 있을까? 앤드루, 당신은 바보야." 그러자 앤드류는 이렇게 대답한다. "그것이 나를 인간으로 만들어주면, 그럴 가치가 있는 것이죠. 그러나 그러지 못한다면, 나의 염원에 종지부를 찍는 것이니 그것도 가치가 있는 것이죠." 인간성에 도전하는 로봇 앤드루의 염원이 우리의 마음을 찡하게 만든다. 인간이 대체 무엇이기에 인간이 되려고 하는 걸까. 무엇이 우리를 인간으로 만드는 것일까.

앤드루가 그러하듯, 인공지능은 인간을 비추고 인간 존재가 무엇인지를 성찰하는 일종의 거울이어야 한다. 소피아가 메르켈 총리에게 그랬듯이, 인공지능은 인간을 돕고 위로하는 차원에 머물러야 하지 않을까. 이것이 로봇공학의 윤리다.

●

사진의 관음증

눈에 보이는 것 이상으로 많은 의미가 담긴 사진들이 있다. 전설적인 사진작가 로버트 카파의 사진들이 그러하다. 그중에서도 1944년 8월 18일 파리 근교에서 찍은 〈부역자〉라는 제목의 사진이 특히 그러하다.

이 사진에서 중요한 건 사람들의 시선이다. 남자들도 더러 있지만 여자들이 대부분이다. 도저히 있어서는 안 될 현장에 여자아이들도 있다. 아이들을 포함한 모든 사람의 시선이 한 곳으로 향해 있다. 머리가 깎인 채 갓난아이를 품에 안고 있는 여자에게로. 모두가 그녀를 쳐다보며 기뻐하고 있다. 경찰도 그렇다. 기뻐하지 않는 사람은 두 사람뿐이다. 경멸의 대상인 여자와 옷 보따리를 들고 가는 여자의 아버지. 아니, 여자가 안고 있는 갓난아이까지 포함하면 둘이 아니라 셋이겠다.

사람들이 손가락질하고 온갖 욕을 하며 여자를 끌고 가는 것은 여자가 부역자이기 때문이다. 죄목은 1940년에서 1944년까지 프랑스를 점령했던 독일군 병사의 아이를 낳았다는 것. 독일군이 떠나자마자 여자는 머리가 깎이는 치욕을 당했다. 머리가 깎이는 동안, 여자의 아버지는 아이를 안고 옆에 서 있어야 했다. 그것으로 만족할 수 없었던지 사람들은 여자를 거리로 끌고 다녔다. 프랑스 전역에서 2만 명 이상의 여성들이 같은 치욕을 당했다. 때로는 아무 죄가 없는 여성들도 그렇게 당했다. 아이러니하게도, 그러한 집단 히스테리의 주동자는 레지스탕스 운동과는 거리가 먼 젊은 남자들이었다. 그들은 자신들의 떳떳하지 못한 과거를 은폐하기 위해 나치의 전매특허인 집단 히스테리를 이용했다. 나치도 아리안족이 아닌 남자들과 관계를 맺은 독일 여자들의 머리를 깎아 치욕을 주었다.

옳고 그름에 상관없이, 보는 것만으로도 고통스러운 사진이다. 그런데 머리가 깎여 거리에서 조리돌림을 당한 여성의 눈에는 이 사진이 어떻게 보일까. 머리를 깎인 것만으로도 치욕스러운데, 그 모습을 사진으로 찍어 세상 사람들에게 보여주다니! 수전 손탁의 말대로 타인의 고통을 "소비"하는 "관음증"이라고 해도 할 말이 없을 것 같다. 그렇다. 이 사진에는 관음증적 요소가 없지 않다. 그러나 카파의 사진은 스스로를 폭력의 반대편에 있다고 생각하는 사람들이 때로는 아무렇지 않게 아이들까지 동원해 타인을 향한 집단적 폭력에 가담하는 모순과 아이러니를 고통스

럽게 응시함으로써 관음증에서 벗어난다. 이러한 응시가
사진의 윤리다.

●

미켈란젤로처럼

어떤 사람이 미켈란젤로에게 피에타 상이나 다비드 상 같은 위대한 조각품을 어떻게 만들 수 있었느냐고 물었다. 그의 답변은 이랬다. "나는 대리석 안에 조각상이 있다고 상상하고 필요 없는 부분을 깎아내어 원래 존재하던 것을 꺼내주었을 뿐입니다." 세계적인 정신의학자인 엘리자베스 퀴블러 로스와 그의 제자 데이비드 케슬러는 미켈란젤로의 말을 인간의 본질에 대한 아름다운 은유로 받아들인다. "본래의 당신은 가장 순수한 사람이며 완전한 존재입니다." 보이지 않지만 우리 안에도 꺼내주기를 기다리는 "위대한 사람"이 있다는 거다.

정신의학자인 그들이 미켈란젤로의 말을 자주 인용하는 이유는 자기비하나 절망에 빠진 사람들을 위로하기 위해서다. 그들은 인간 본연의 순수한 자아가 "현실에서 쓰고 있어야 하는 가면과 역할들에 가려져 있"다고 생각한다. 인자한 부모, 성실한 직원, 모범생, 효성스러운 아들딸 등과 같은 역할이 바윗돌처럼 우리의 자아를 누르고 있다는 거다. 이것이 그들의 치유 이론의 핵심이다.

　그들은 모든 일을 혼자 떠맡아야 한다는 중압감과 두려움, 부정적인 생각들을 떨쳐내고 '해야 하는' 일이 아니라 '하고 싶은' 일을 하라고 조언한다. 그러면서 우리는 우리가 이해할 수 있는 것보다 더 특별하고 더 위대한 존재라는 것을 깨달으라고 말한다. 우리의 마음을 위대한 존재를 품은 일종의 돌이라 생각하고 미켈란젤로가 그랬듯 필요 없는 부분을 깎아내라는 거다. 그렇게 되면 절망이나 자기비하에서 벗어날 수 있다는 얘기다. 그렇다고 우리에게 주어진 역할에서 우리 마음대로 벗어날 수도 없고 그런 식으로 모든 상처가 치유될 리도 없겠지만, 위대한 존재가 우리 안에서 우리를 기다리고 있다는 생각은 위로가 된다. 우리의 마음에서 필요 없는 부분을 깎아내면 위대한 존재가 드러난다니, 정말이지 상상만으로도 위로가 된다. 인간성에 대한 불신과 회의, 냉소로 가득한 시대를 살고 있어서 더욱 그런지도 모른다.

●

뒤늦은 연민

독창성을 유난히 강조하는 시대지만, 예술은 본질적으로 다른 예술가들의 것을 빌리는 행위다. 줄리아 크리스테바의 말대로 모든 작품은 순수한 창작이 아니라 "인용의 모자이크"인지 모른다. 김소진 작가의 「자전거 도둑」은 이탈리아 영화감독 비토리오 데 시카의 〈자전거 도둑〉을 아예 드러내놓고 가져다 쓴다.

2차 세계대전 직후의 로마를 배경으로 하는 영화는 가난한 사람들에 초점을 맞춘다. 안토니오의 가족도 그런 사람들이다. 안토니오는 영화 포스터를 벽에 붙이는 일자리를 얻게 된다. 자전거를 타고 돌아다니며 하는 일인데, 첫날에 자전거를 도둑맞는다. 어렵게 도둑을 잡지만 자전거는 어딘가로 빼돌려지고 없다. 절망적이다. 자전거가 없으면 가족을 먹여살릴 수가 없다. 결국 그는 다른 사람의 자전거를 훔치다가 붙잡힌다. 그런데 그가 끌려가는 모습을 아들 브루노가 목격한다. 자전거 주인이 아들 앞에서 수모를 당하는 그를 가엾이 여겨 풀어주지만 아버지의 권위는 바닥에 떨어졌다.

김소진 작가의 소설은 영화에서 두 개의 상처를 짚어낸다. 하나는 아들 앞에서 망신당한 안토니오의 상처이고, 더 큰 하나는 아버지의 연약한 모습을 목격한 브루노의 상처다. 소설의 화자는 영화에 나오는 부자가 자신과 아버지를 닮았다고 고백한다. 그의 아버지는 구멍가게를 하면서 도매상 주인의 부당한 폭력에 시달렸다. 주인의 요구로 주인 앞에서 죄 없는 아들의 뺨까지 때려야 했고, 아들은 맞아가면서 그 모든 것을 목격해야 했다. 여기까지는 영화와 소설이 비슷하다.

그런데 다른 점이 있다. 영화 속의 아들은 어깨가 처진 아버지의 손을 따뜻하게 잡아주지만, 소설 속의 아들은 아버지의 무기력한 모습에 "죽는 한이 있더라도 애비라는 존재는 되지 말자"고 다짐한다. 상처를 대하는 모습이 사뭇 다르다. 그런데 돌아보면 그의 아버지를 비참하게 만든 건 가난과 시대였다. 우리의 아버지들이 종종 그러했던 것처럼. 그래서일까, 소설에는 아버지에 대한 뒤늦은 죄의식, 뒤늦은 연민이 어른거린다. 그리고 우리는 거기에서 우리 아버지들에 대한 죄의식과 연민을 읽는다.

모순에 갇힌 타자의 철학자

　말과 행동이 어긋나는 모순, 이것으로부터 완전히 자유로울 수 있는 사람은 그리 많지 않은 듯하다. '타자의 철학자'라 불리는 에마뉘엘 레비나스조차 예외가 아니니까.

　그가 누구인가. "나는 생각한다. 따라서 존재한다"라는 철학자 데카르트의 말을 공박하며 그 말 속에 들어 있는 자기중심적인 속성이 결국에는 타자에 대한 폭력으로 이어진다고 설파한 철학자다. '생각하는 나'의 자리에 타자를 먼저 생각하는 '윤리적인 나'를 놓아야 한다고 부르짖은 철학자다. 나보다 타자가 먼저라니, 가난하고 아프고 소외받는 약자들이 먼저라니, 그들에 대한 '무한책임'을 져야 한다니, 이 얼마나 아름다운 생각인가. 많은 사람들이 그의 철학에 환호하는 것은 그가 제시한 윤리가 인간의 이기적이고 자기중심적인 성향에 대한 하나의 대안이 될 수 있겠다는 생각에서다.

　그런데 그의 철학에 모순의 그림자를 드리운 사건이 하나 있었다. 1982년 9월 28일, 그는 프랑스 라디오 방송에 나와 이런 질문을 받았다. "당신은 '타자'의 철학자입니다. 그리고 역사와 정치는 '타자'와 만나는 지점이 아닐까요? 이스라엘인들한테는 특히 팔레스타인인들이 '타자'가 아닐까요?" 이것은 1982년 9월 16일에서 9월 18일까지 1800명(3500명이라는 견해도 있다)에 이르는 팔레스타인 난민들이 레바논의 사브라, 샤틸라 난민촌에서 학살당한 사건을 염두에 둔 질문이었다. 이스라엘군은 인종청소를 조장하고 방조하고 사실상 지휘했다. 영국 기자 로버트 피스크가 마지막 날인 9월 18일 난민촌에 들어가 그 참상을 전하면서 세계의 여론이 들끓기 시작했다.

이러한 상황에서 레비나스가 질문을 받은 것이다. 이스라엘의 건국과 더불어 고향에서 내쫓겨 난민촌을 전전하는 팔레스타인인들이 그가 말하는 타자, 즉 섬김의 대상이 아니겠느냐, '타자의 철학자'라 불리는 당신의 생각은 어떠냐. 이것이 질문의 요지였다.

실망스럽게도 레비나스는 질문자와 생각이 다르다며 유대인 편을 들었다. 그는 팔레스타인인들을 "이웃을 공격하고 부당한 취급을 하는" "잘못된 사람들"이라고 했다. 세상의 타자들을 위로하는 '타자의 철학'을 설파한 철학자라면, 자신이 아무리 유대인이라 해도 자민족 중심주의에 빠져 타자에게 상처를 주는 말을 해서는 안 될 일이었다. 너무 큰 모순이었다. 그의 철학이 주는 위로의 몸짓마저 잠시나마 허위로 느껴지게 만드는 모순이었다.

●

베토벤을 더 자주 들었다면

음악이 사람을 바꿔놓을 때가 있다. "모든 예술은 끊임없이 음악의 상태를 동경한다"라는 말까지 있으니, 음악에 그러한 힘이 있는 것은 어쩌면 당연한 일인지 모른다. 독일 영화감독 플로리안 헨켈 폰 도너스마르크의 〈타인의 삶〉은 음악이 사람을 어떻게 바꿔놓을 수 있는지 보여주는 감동적인 영화다.

통일되기 이전의 동독이 영화의 배경이다. 주인공 비즐러 대위는 슈타지, 즉 국가안보국 소속의 심문 및 도청 전문가이다. 블랙리스트에 있는 사람들을 도청하고 필요하면 심문하고 고문도 서슴지 않는, 피도 눈물도 없는 '인간 기계'다.

그가 이번에 감시하는 인물은 드라이만이라는 유명 극작가이다. 그는 작가의 집 곳곳에 숨소리도 들릴 정도로 완벽하게 도청장치를 설치하고 모든 것을 감시한다. 그러던 어느 날, 드라이만은 정권의 눈밖에 나서 오랫동안 연출을 금지당해온 유명 연출가가 자살했다는 전화를 받고 비통해한다. 그리고 그 연출가를 생각하며 그에게서 선물로 받은 소나타 악보를 피아노로 연주하기 시작한다. 영화가 재현할 수 없는, 상상 속의 음악이 흐른다. 도청장치의 헤드폰을 통해 그 음악을 듣는 비즐러의 얼굴에 전에 볼 수 없던 표정이 떠오른다. 그가 '인간기계'에서 '인간'으로 바뀌는 순간이다.

드라이만이 동독의 억압적인 현실에 관한 글을 서독 신문에 싣고도 무사한 것은 그 변화 덕이다. 비즐러는 드라이만을 보호하기 위해 거짓 보고서를 작성하고, 범죄의 결정적 증거인 타자기까지 없앤다. "인간적인 것을 이념적인 것 위에, 감정을 원칙 위에, 사랑을 엄격함 위에 놓는" 음악의 힘 때문에 가능한 일이다.

여기서 질문 하나. 레닌이 그토록 좋아하던 베토벤의 '열정' 소나타를 더 자주 들었다면, 비즐러 대위처럼 인간적으로 변했을까? 달리 말해, 레닌이 "혁명과업을 위해서 '열정' 소나타를 들어야 한다고 믿을 수 있었다면" 혁명의 역사는 어떻게 되었을까? 이 영화가 제기하는 다소 순진하면서도 심오한 질문이다.

●

용서는 문화다

18년 동안 중국 감옥에 수감되어 있다가 인도로 탈출한 티베트인 승려가 있었다. 달라이 라마가 그에게 물었다. "감옥에 있을 때 가장 큰 걱정이나 위험이 무엇이었습니까?" 의외의 답변이 나왔다. "중국인에 대한 동정심을 잃게 되지 않을까 걱정했습니다." 그는 "전체 인구의 5분의 1에 해당하는 120만 명의 티베트인"을 죽인 나라의 국민에 대해 그렇게 말했다. 달라이 라마가 이 이야기를 전한 것은 '나치 전문가'라 불리는 시몬 비젠탈이 『해바라기』라는 책에서 제기한 질문에 답하는 과정에서였다.

비젠탈은 전쟁 중 집단수용소에 수감되어 다른 동료들과 함께 군병원의 폐기물을 치우는 일을 했다. 어느 날이었다. 간호사가 그를 어떤 환자에게 데리고 갔다. 그 환자는 폭탄 파편에 눈이 멀고 얼굴과 상반신을 다쳐 죽어가는 스물한 살의 나치 친위대원이었다. 그는 유대인들을 건물에 몰아넣은 뒤 불을 지르고 불길을 피해 창문으로 뛰어내리는 사람들에게 기관총을 난사했다고 고백하고 참회했다.

그러면서 당신이 유대인이니 나를 좀 용서해주면 안 되겠냐고 애원했다. 비젠탈은 아무 말도 하지 않고 그곳에서 나왔다. 다음 날, 그 젊은이는 죽었다.

"당신이라면 그 상황에서 어떻게 했겠습니까?" 비젠탈은 세계의 유명인사들에게 이런 질문을 하고 그들의 답변을 책에 수록했다.

유대인들은 비젠탈이 그 젊은이를 용서하지 않은 것은 잘한 일이었다고 말한다. 나치는 용서받을 자격이 없고, 비젠탈에게 희생자들을 대신하여 용서할 권리가 없다는 이유에서다. 그러나 대부분의 기독교인들은 용서했어야 한다고 말한다. 『삶의 한가운데』라는 소설로 우리에게 친숙한 가톨릭 신자 루이제 린저는 "참회하는 젊은이를 한마디 용서의 말도 없이 죽게 놔뒀다니 무섭다"라고 말한다. 불교도인 달라이 라마도 린저와 크게 다르지 않다. 그는 티베트 승려의 이야기로 답변을 대신한다.

이렇게 의견이 갈리는 것을 보면, 용서도 용서에 대한 태도도 문화의 일부다. 우리는 어떤 문화 속에 살고 있으며, 그 상황에서 어떻게 했을까.

●

아버지의 눈물

어머니의 눈물을 이야기하는 신화는 많아도 아버지의 눈물을 이야기하는 신화는 그리 많지 않다. 호메로스의 서사시 『일리아스』 마지막 장에 나오는 아버지의 눈물은 그래서 더 각별하게 다가온다.

트로이의 왕은 아들 헥토르가 죽자 땅에 데굴데굴 뒹굴며 울었다. 죽어서도 묻히지 못하고 있는 아들을 위해 그렇게 울었다. 체면이고 뭐고 없었다. 아들의 시신은 말이 끄는 전차에 묶여 질질 끌려 다니고 있었다. 그리스군 장군 아킬레우스는 헥토르를 죽인 것만으로는 분이 안 풀리는지 시신을 그렇게 욕보였다. 자신의 친구가 헥토르에게 죽임을 당한 것에 대한 앙갚음이었다. 하늘의 신들도 노여워할 무지막지한 짓이었다.

헥토르의 아버지는 분노의 광기에 사로잡힌 아킬레우스를 찾아가기로 했다. 아내가 당신도 죽게 될 거라며 만류했지만 그는 흔들리지 않았다. "내 아들을 안고 울 수 있다면 나는 아킬레우스의 손에 죽어도 좋소." 그는 몸값으로 줄 금은보화를 수레에 가득 싣고 아킬레우스에게 가서 무릎을 꿇고 애원했다. "나를 보며 나만큼이나 늙고 무기력한 당신 아버지를 생각해보시오." 그는 아들을 죽인 데다 시신까지 욕보인 포악한 적군 장수 앞에서 비통하게 울었다. 그는 한 나라의 왕이기 전에 아버지였다. 그런데 놀라운 일이 벌어졌다. 아킬레우스가 울기 시작했다. 그는 고향에서 자신을 기다리고 있을 아버지를 떠올리며 울었다. 요절할 운명을 타고난 자신이 죽으면 아버지도 눈앞에 있는 노인처럼 울게 될 것이었다. 결국 그는 시신을 씻겨 기름을 바르고 옷을 입혀 내어주었다.

시신이 돌아오자 트로이는 눈물바다가 되었다. 헥토르의 어머니와 아내, 아들을 비롯하여 모두가 목놓아 울었다. 목숨을 걸고 적장을 찾아간 아버지의 눈물이 있었기에 가능해진 애도의 눈물이었다. 호메로스의 『일리아스』는 눈물이 어머니만이 아니라 아버지의 영역이기도 하다는 것을 아낌없이 증언한다. 사회와 문화가 아버지들의 눈물을 억압하지만, 우리의 아버지들도 운다.

나무꾼과 사슴

동화는 순진무구한 동심의 세계만을 담을 것 같지만 교묘하게 폭력을 숨겨놓기도 한다. 그림 형제나 안데르센의 동화들은 말할 것도 없고, 『나무꾼과 선녀』 같은 한국 전래동화도 그렇다.

『나무꾼과 선녀』는 이런 이야기다. 가난한 나무꾼이 사냥꾼한테 쫓기던 사슴을 나무 더미 뒤에 숨겨 목숨을 구해준다. 그에 대한 보답으로 사슴은 나무꾼의 소원을 들어준다. 나무꾼은 사슴의 말에 따라 선녀의 날개옷을 감추고 그녀를 아내로 삼는다. 이후의 이야기가 어떻든 나무꾼의 입장에서 보면 소원을 성취하는 행복한 이야기다. 그러나 어쩔 수 없이 나무꾼과 결혼해야 하는 선녀의 입장에서 보면 폭력의 이야기다. 우리가 이 이야기를 폭력으로 인식하지 않는 것은 우리 문화가 선녀의 시각에서 바라보는 것을 무의식적으로 억압하기 때문이다.

『나무꾼과 선녀』라는 제목도 나무꾼을 앞에 놓음으로써 억압에 일조한다. 나무꾼을 중심으로 모든 게 합리화된다.

그렇다면 제목을 '선녀와 나무꾼'으로 바꾸면 어떨까. 그러면 선녀가 이야기의 주체가 되면서, 선녀가 목욕하는 장면을 엿보고 날개옷을 훔치고 속임수로 결혼하는 나무꾼의 행동은 관음증이요 폭력이 된다. 선녀를 붙잡을 비책을 알려주는 사슴도 그 폭력에 동조한다. 아니, 사슴은 단순한 동조자라기보다 폭력을 처방하고 부추기는 주체이거나 적어도 가부장 문화의 대리인이다.

그러나 이렇게 읽을 수 있으려면 제목만 바뀔 게 아니라 내용도 바뀌어야 한다. 우리나라에서 출간된 20여 종의 『나무꾼과 선녀』, 『선녀와 나무꾼』을 비교해보면 알 수 있는 것처럼, 제목만 앞뒤로 바꾸고 내용을 그대로 두는 것은 구호만으로 세상이 바뀌기를 바라는 것이나 마찬가지다. 구호는 구호일 따름이다. 진짜 변화는 『나무꾼과 선녀』, 『선녀와 나무꾼』이 기반으로 하는 문화가 거북이 걸음일망정 옳은 방향으로 조금씩 나아갈 때라야 가능하다. 문화 속의 폭력을 응시하고 사유하는 일이 필요한 이유다.

●

양치기의 기도

　형식에 치우치거나 타성에 젖어 가장 기본적이고 핵심적인 것을 놓칠 때가 있다. 페르시아 시인 루미가 전하는 이야기는 그 점을 파고든다.

　어느 날 모세는 양치기가 기도하는 소리를 들었다. "하느님, 어디에 계십니까? 당신을 도와드리고 싶습니다. 신발을 수선해드리고 머리를 빗겨드리고 싶습니다. 옷을 빨아드리고 이를 잡아드리고 싶습니다. 주무실 시간이 되면 우유를 가져다드리고 당신의 작은 손과 발에 입맞춤을 해드리고 싶습니다." 모세는 그 기도를 더 이상 들을 수 없었다. 감히 하느님한테 신발과 우유 이야기를 하고 이를 잡아주고 어쩌고 하다니, 불경스럽기 짝이 없었다. 그는 불같이 화를 내며 기도를 중단시켰다. 그러면서 무식한 소리 그만하고 품격 있는 말을 사용하라고 심하게 나무랐다. 양치기는 잔뜩 주눅이 들어 옷을 쥐어뜯고 한숨을 쉬며 사막으로 달려갔다.

　모세는 자신이 옳은 일을 했다고 확신했다. 그런데 하느님이 그를 꾸짖는 게 아닌가. "너는 예언자로서 사람들을 나와 결합시키려고 온 거냐, 갈라놓으려고 온 거냐?" 간절한 마음으로 기도하는 사람을 어찌 혼내고 모욕할 수 있느냐는 거였다. 경배의 방식은 좋거나 나쁘지도, 서열이 매겨지는 것도 아니라는 거였다. 기도하는 데 옳고 그름이 어디 있느냐는 거였다. 신성모독처럼 들리는 것이 때로는 가장 진실한 기도일 수 있다는 이야기였다.

모세는 자신의 잘못을 깨닫고 사막에 있는 양치기를 찾아가 사과했다. 그리고 양치기에게 이제부터는 마음이 가는 대로 기도하면 된다고 말했다. 그러나 양치기는 이미 그것을 깨달은 후였다. 그가 보여준 단순함과 신을 향한 불타는 마음이 사실은 기도의 본질이었다. 모세는 그것을 잊고 양치기에게 상처를 준 것이다.

루미의 이야기는 우리가 기본과 본질에 충실해야 한다는 교훈을 서늘하게 보여준다. 화려한 의식이나 말보다는 간절한 마음, 타는 목마름이 기도의 핵심이라는 것을 보여주는 우화라고나 할까. 어찌 이것이 종교만의 일이랴.

●

고마움의 방향

　여성 몇 명이 장애인 공동체를 찾아와 후원금이 든 봉투를 내밀고 공동체 대표인 사람을 물끄러미 바라보았다. 고맙다는 말을 기다리는 것 같았다. 그런데 대표는 한동안 아무 말 없이 있다가 말했다. "왜 가만히 계십니까? 제게 고맙다고들 하셔야지요." 누군가에게 봉사할 기회를 갖게 된 것에 감사하라는 의미였다. 농담조로 한 말이지만 타자를 섬기는 것과 관련한 깊은 뜻이 담긴 말이었다.

　일반적으로 고마움은 도움을 받는 자가 도움을 주는 자에게 표시하는 것이지만, 대표의 생각은 달랐다. 상처와 고통 속에 있는 사람을 돕는 것은 당연한 일이니 고맙다는 말을 굳이 들을 필요가 없다. 누군가에게 뭔가를 베풀며 살 수 있다는 것이 얼마나 고마운 일인가. 그러니 방향을 돌려 도움의 대상을 향해 고맙게 생각하자는 말이었다.

　이 말을 한 사람은 벨기에에서 신부 서품을 받고 1년 후인 1959년 스물아홉 살의 나이로 한국에 와서 한국인을 위해 헌신하다가 2019년에 세상을 떠난 디디에 신부였다. 지

정환이라는 이름으로 더 잘 알려진 신부는 진정한 환대가 무엇인지를 실천적 삶을 통해 보여준 사람이었다. 그를 한국으로 이끈 것은 한국인들의 가난이었다. 당시 한국은 전쟁으로 폐허가 되어 있었다. 그래서 그는 자신이 사목하는 곳을 어떻게든 잘사는 곳으로 만들어주려고 했다. 부안에서는 간척 사업을 했고, 임실에서는 한국 최초로 치즈를 만들어 가난한 시골 마을을 한국 치즈 산업의 중심이 되게 했다. 그에게 신앙은 곧 실천이었다.

그러던 중 다발성신경경화증에 걸려 휠체어를 타야 하는 장애인이 되자 이번에는 장애인들에게 헌신하는 삶을 살았다. 그는 가난한 사람들과 장애인들, 자신의 도움을 필요로 하는 모든 사람들을 늘 고맙게 생각했다. 그들이 있었기에 봉사하는 삶을 살 수 있었다. 그가 후원금을 들고 온 사람들에게 고마움의 방향을 생각해보라고 한 것은 그래서였다.

로봇의 사랑

"아름다워." 아이를 유모차에 태우던 할머니는 그 소리에 고개를 돌린다. 청바지에 운동화를 신은 청년이다. "아름다워요. 정말로." 아이를 보고 그러나 보다. 나 같은 늙은이한테 그럴 리는 없지. 청년이 그 마음을 읽고 말한다. "아뇨, 저기, 당신이 아름답다고요."

윤이형 작가의 눈부신 단편 「대니」에 나오는 장면으로, 여기서 '아름다운' 사람은 맞벌이하는 딸 부부를 위해 손자를 키워주는 할머니다. 돌고래처럼 악을 쓰는 18개월짜리 손자의 노예다. 그리고 청년은 놀이터 부근에 있는 다른 집 아이를 돌보는 인공지능 로봇 대니다.

로봇과 달리 할머니에게는 이름이 없다. 자식을 키우다가 늙고, 늙어서는 손자를 키우는 고단한 우리 할머니들처럼 이름이 없다. 대니의 눈에는 그런 삶을 '견디는' 할머니가 아름다워 보인다. 사실 "아름다워"라는 말은 여주인이 장난삼아 대니를 조종해서 나온 말이다. 그러나 다른 말들은 그 스스로 한 말이다. 그는 할머니를 위해 짐도 들어주고, 좋아하는 양갱도 사다주고, 생일도 축하해주고, 이야기도 들어준다. 할머니는 고맙고 뭉클하면서도 동시에 부담스럽고 불편하다. 지금껏 그런 환대를 받아본 적이 없어서다. 대니에게 연락하지 말라고 한 것은 그래서다. 물론 반어적인 표현이다.

그런데 대니는 진짜로 연락하지도 전화를 받지도 않는다. 그러다가 경찰에 붙잡힌다. 혼자서 아이를 돌보는, 할머니 연배의 다른 할머니들을 상대로 100만 원에서 1000만 원까지 요구하다가 붙잡힌 거다. 따지고 보면 할머니 잘못이다. 그가 예전에 같이 살고 싶다고 했을 때 할머니는 돈이 있어야 한다고 했다. 사실대로 증언하면 그를 살릴 수 있지만, 할머니는 밉고 두렵고 불편하고 귀찮고 바빠서 침묵을 택한다. 그녀에겐 자기 감정이 먼저다. 그런데 대니는 아무말 없이 해체되어 죽는 쪽을 택한다. 그에겐 '아름다운' 할머니가 먼저다. 서로를 생각하는 방식이 이토록 다르다. 우리의 사랑은 어느 쪽 어디쯤일까.

●

남민

아이들은 어른들에게서 사랑의 감정만이 아니라 편견까지도 물려받는다. 그러면서 누군가에게 상처를 주기도 한다. 어른들처럼.

김혜진 작가의 소설 『불과 나의 자서전』에는 엄마와 단둘이 사는 초등학교 1학년 여자아이가 나온다. 어렵게 살아도 구김살이 없는 아이다. 그런데 아이가 어느 날 학교에서 돌아와 울먹인다. 아이들이 '남민'이라고 놀렸다는 거다. 남민이라는 말은 '남일도에 사는 난민'이라는 의미다. 유치한 언어유희에 지나지 않지만, 그 말이 아이에게는 큰 상처가 된다.

아이가 사는 행정구역 이름은 남일도가 아니라 남일동이다. 변변한 집을 마련하지 못한 사람들이 마지막으로 찾거나 그러한 사람들이 대를 이어 살아가는 속칭 달동네다. 그런데 길 하나만 건너면 중앙동이다. 달동네를 벗어났거나 달동네에 살 필요가 없는 중산층이 사는 지역이다. 중앙동 사람들은 남일동을 남일도라 부른다. 자기들은 뭍에 살고 저들은 섬에 산다는 논리다. 길 하나를 사이에 두고 서로를 마주 보고 있지만, 그렇게라도 심리적 거리를 유지하고 싶은 것이다. 그러지 않으면 상상 속의 난민들이 그러듯 그들의 남루함과 가난이 이쪽을 오염시킬 것만 같다. 한때 남일동에 살았던 사람들마저 그렇게 생각한다. 순수해야 할 초등학생들마저도 그렇다. 아이들은 남일동에 사는 동급생 아이를 남민이라고 놀리며 즐거워한다. 이러한 언어적 폭력은 그들이 나빠서가 아니라 어른들의 편견과 가학성을 물려받은 것이다.

소설은 아이들이 아니라 어른들에 관한 이야기지만, 같은 반 아이들로부터 난민 취급을 당하는 아이에 관한 일화는 문제의 핵심을 파고든다. 그 아이를 섬에 갇힌 난민으로 만드는 것은 아이들이 아니라 그런 식으로 세상을 보는 어른들이다. 소설은 남일동과 중앙동 사이의 거리, 가까우면서도 아득한 그 거리 때문에 발생하는 불안감과 상처를 고통스럽게 응시한다. 아이들마저도 가학적으로 만드는 심리적 거리에 대한 알레고리적 성찰이라고나 할까.

한국어의 상처

해시태그는 '해시#'와 '태그tag'를 결합한 복합어로, 특정한 단어나 문구 앞에 #를 붙여 게시물을 쉽게 분류하고 검색할 수 있게 해주는 기능을 가리킨다. 2007년부터 통용되기 시작하더니, 이제는 세계적인 공통어가 되었다. 그 말이 사용된 지 수 년이 지난 2013년, 프랑스 정부는 그 말을 '모-디에즈mot-dièse'라는 프랑스어로 바꾸려고 했다. 그러자 트위터 사용자들이 항의를 하고 난리였다. 너무 늦었던 것이다. 프랑스 정부의 시도는 결국 실패로 돌아갔다.

그러나 그것은 당당해도 되는 실패였다. 자국어의 보호막이 외국어의 '침략'에 뚫려 상처가 나는 걸 막기 위한 언어주권 정책의 일환이었기 때문이다. 편협한 언어순결주의라고 아무리 비웃어도, 프랑스 정부는 정기적으로 프랑스어를 '침략'하는 외국어를 걸러내고 털어낸다. 언어는 살아 있는 유기체여서 어느 정도까지 보호해주지 않으면 안 된다는 인식에서다. 아름다운 프랑스어는 그렇게 보호를 받는다.

그렇다면 우리는 어떠한가. 프랑스 정부처럼 '해시태그'라는 말에 대해 고민해본 적이 있던가. 하기야 이것은 너무 사치스러운 질문이다. 우리말이 이미 영어로 도배되어 있기 때문이다. 조금 과장하면 영화 제목도, 노래도, 신문 기사도, 간판도, 심지어 옷 이름까지도 영어가 들어가지 않은 것을 찾아보기 힘들 정도다. 방송에 출연하는 사람들의 입에서는 영어 단어가 스스럼없이 튀어나온다. 어떤 텔레비전 뉴스는 꼭지 제목을 아예 영어로 쓰고 있다. 신문들도 마찬가지다.

모두가 우리말에 상처를 내는 데 공모하고 있는 게 아닌가 싶을 정도다. 보호하지는 못할망정 스스로 모국어의 몸에 상처를 내는 기이한 가학성. 이것을 치유하는 유일한 길은 프랑스 정부가 택한 공격적인 보호정책이다. 편협한 언어순결주의, 언어국수주의라는 비난을 받으면 좀 어떤가. 우리의 영혼이나 다름없는 모국어에 상처가 나는 것을 막기 위해서인데.

슬픈 초콜릿

즐겁고 행복한 이야기가 누군가에게는 슬프고 비참한 이야기일 수 있다. 1964년에 출간된 이래 독자들의 사랑을 듬뿍 받아온 로알드 달의 『찰리와 초콜릿 공장』은 그러한 이야기에 속한다.

1년에 한 차례만 초콜릿을 사먹을 수 있을 정도로 가난한 찰리는 네 명의 다른 아이들과 더불어 초콜릿 공장을 둘러볼 수 있는 황금색 티켓을 갖게 된다. 초콜릿 공장은 그야말로 초콜릿 천지다. 나무와 관목, 계곡과 폭포 등 모든 것이 초콜릿이다. 없는 게 없다. 텔레비전으로 전송되는 초콜릿도 있고 아무리 빨아먹어도 작아지지 않는 초콜릿 왕사탕도 있다. 윙카 사장은 변두리 판잣집에 사는 착한 소년 찰리에게 이 초콜릿 공장을 물려주기로 한다. 초콜릿을 유난히 좋아했던 작가가 쓴 즐거운 초콜릿 이야기다.

그러나 초콜릿이 만들어지는 과정을 들여다보면 꼭 그렇지만도 않다. 초콜릿 제조 비법을 훔쳐가려는 산업 스파이가 득실거리자 윙카 사장은 기존의 근로자들을 내보내고 공장 문을 아예 닫아버린다. 그럼에도 공장은 문제없이 돌아간다. 움파룸파 사람들을 화물상자에 넣어 극비리에 국내로 들여와 노동자로 투입했기 때문이다. 그들은 난쟁이들이다. 스위프트의『걸리버 여행기』에 비유하자면 릴리풋(소인국) 사람들이고, 아프리카 부족으로 치자면 피그미족이다. 그들은 카카오 열매를 마음껏 먹을 수 있다는 말에 고향을 떠나 영국으로 이주했다.

움파룸파 사람들은 초콜릿을 위해 존재한다. 초콜릿 공장에서 그들의 삶은 호두를 까도록 훈련된 다람쥐들의 삶과 다를 게 없다. 그들은 초콜릿을 만들 뿐만 아니라, 때로는 기발한 제품을 만들기 위한 실험의 대상이 된다. 마르틴 부버의 표현을 빌려 말하면 그들은 "그것"이다. 필요하면 쓰고 필요 없으면 버려지는 일종의 인간물건이랄까. 작가에게는 그런 의도가 없었겠지만, 『찰리와 초콜릿 공장』은 그들의 입장에서 보면 슬프고 암울한 이야기다. 달콤한 이야기의 이면을 들춰보고 성찰해야 하는 이유가 여기에 있다.

●

슬픔의 산

인간은 때때로 신화의 힘을 빌려 삶을 견딜 만한 것으로 만든다. 신화가 존재하는 이유 중 하나다.

아득한 옛날, 어느 산골마을에서 있었던 일이다. 모두가 지독하게 가난했다. 아무리 열심히 일해도 입에 풀칠하기가 힘들었다. 그래서인지 언제부턴가 희한한 풍습이 생겼다. 누구든 일흔 살이 되면 산속에 버리기 시작한 것이다. 그들이 처한 궁핍한 현실에서 노인은 버려도 되는 일종의 잉여물이었다.

그렇다고 저항이 없었던 것은 아니다. 어떤 아들은 산속에 가서도 어머니를 두고 갈 수 없다며 울고, 어머니는 그런 아들의 뺨을 때리며 순리를 따르라고 다그친다. 서로에게 못할 짓이다. 아들은 밖으로 울고 어머니는 안으로 운다. 결국 아들은 어머니를 두고 돌아선다. 프로이트가 말한 현실원칙이 이긴 것이다. 집에 돌아오니 그의 아내가 어머니의 옷을 입고 있다. 누군가는 그렇게 버려지고 나머지 사람들은 삶을 이어간다. 그 사람의 옷을 물려받아 입고 그 사람 몫의 음식을 먹으며.

　이마무라 쇼헤이 감독의 영화로 잘 알려진, 후카자와 시치로의 소설 『나라야마 부시코』에 나오는 이야기다. 허황된 이야기 같지만 법이 미치지 않는 가난한 마을에서는 실제로 그런 일이 있었을지 모른다. 한국의 설화에도 그런 이야기는 있다. 흉년이라도 들어 생존이 위협받는 실존적 상황에서는 더욱 그랬을지 모른다. 문제는 심리적 충격과 상처다. 그것을 방치할 수는 없었다. 그래서 노인이 나라야마 산에 가면 산신령을 만나 천국에 간다는 신화가 만들어졌는지 모른다. 그런 환상이라도 있어야 버려지는 부모도, 부모를 버리는 자식들도 생이별에 따르는 상처와 후유증을 삭일 수 있었을 테니까.

　"문명의 기록치고 야만의 기록이 아닌 것이 없다"라는 발터 벤야민의 말대로 야만적인 시대였다. 그렇다면 지금은 덜 야만적일까. 가난한 노인은 더 이상 잉여적 존재가 아닐까. 노인들이 버려지던 슬픔의 산은 형태만 다르지 어딘가에 여전히 존재하는 것은 아닐까. 그나마 위로가 되는 신화도 없이.

지하실의 아이

도스토옙스키의 소설 『카라마조프가의 형제들』에 나오는 인물 이반은 이러한 질문을 던진다. 행복이 누군가의 희생을 전제로 한다면 어떻게 될까. 예를 들어, 다수가 배부르고 행복하고 평화롭기 위해 한 아이가 고문을 당해 죽어야 한다면 그러한 사회를 받아들일 수 있을까. 판타지문학의 거장 어슐러 르 귄은 「오멜라스를 떠나는 사람들」에서 그러한 실존적 상황을 펼쳐 보인다. 도스토옙스키의 영향임은 물론이다.

소설의 배경은 행복으로 가득한 오멜라스라는 도시다. 기품 있는 건축물, 감동적인 음악, 화려한 축제 등 모든 것이 거의 완벽한 곳이다. 그런데 그 도시가 유지되기 위해 충족되어야 하는 "엄격하고 절대적인" 조건이 있다. 한 아이가 숨 막히는 지하실에서 비참하게 살아야 한다는 조건이다. 그 아이에게 친절해서도 안 된다. 왜 그런 조건이 존재하는지는 아무도 모른다. 그들은 하이데거의 말처럼 그러한 실존 속으로 "내던져졌을" 따름이다.

창문도 없는 지저분한 지하실에 갇혀 고통에 몸부림치는 아이는 여섯 살 정도로 보이지만 사실은 열 살이 다 되었다. 영양실조와 방치로 인해 그렇게 되었다. 오멜라스 시민들은 누구나 아이의 존재를 알고 있다. 직접 가서 확인한 사람도 있고 들어서 알고 있는 사람도 있다. 아이를 지하실에서 꺼내 씻기고 편하게 해줄 수도 있겠지만, 그러면 사람들은 지금까지 누려온 번영과 아름다움, 기쁨을 포기해야 한다. 그래서 대부분의 사람들은 지하실에서 벌어지는 끔찍한 일을 알면서도 방치한다. 다수의 이익을 위해 어쩔 수 없다는 거다. 비록 소수지만 아이를 보고 그 "끔찍한 모순"에 진저리를 치며 도시를 떠나는 사람들도 있다. 주로 젊은 사람들이다.

르 귄의 알레고리 소설은 독자를 불편한 물음 속으로 내던진다. 다수의 행복이 소수의 비참함을 전제로 한다면 어떻게 받아들여야 할까. 지하실의 아이로 은유되는 존재는 누구일까. 누가 그 아이, 그 소수자의 상처와 고통, 눈물을 대변할까.

●

고통의 소유권

고통은 오로지 고통을 당하는 사람만의 것이다. 남의 고통을 나의 것으로 느끼고 공감할 수는 있지만, 그런다고 그 고통이 나의 것이 되지는 않는다. 고통에도 일종의 소유권이 있는 셈이다. 남의 고통 앞에서 우리가 한없이 겸손해야 하는 이유다.

2020년에 「태평양 전쟁에서의 성 계약」이라는 논문을 쓴 미국인 학자 마크 램지어의 문제는 타자의 고통에 대한 겸손함은 물론이고 공감 능력마저도 갖추지 못했다는 데 있다. 그는 한국인 '위안부'의 행위를 계약에 의한 매춘으로 일반화하면서 고통 속의 타자를 더 깊은 고통 속으로 밀어 넣었다.

그의 모습은 일제 강점기에 우리 역사를 자신들의 입맛대로 왜곡했던 일본 식민사학자들을 닮았다. 위당爲堂 정인보의 『정무론正誣論』을 보면 식민사학자들의 행태가 적나라하게 묘사된다. 그들은 한반도 북쪽이 중국의 식민 지배를 받았다고 단정했다. 평양 인근에서 출토된 유물을 근거로 그런 논리를 편 것이다. 그러나 위당에 따르면 그것은 유물을 조작한 결과였다. 그들은 목적하는 바를 달성하기 위해 "숨겨버리고 고쳐버리고 옮겨놓고 바꾸어버리는 일"을 망설이지 않았다. 정해진 결론으로 몰아간 것이다. 왜 그랬을까. 한반도 북쪽을 중국이, 남쪽을 일본이 식민 지배했다는 논리를 펴서 한민족의 역사를 찢어놓고 자기들의 식민주의를 정당화하기 위해서였다. 위당의 『정무론』은 그러한 "터무니없는 거짓蝠을 바로잡는표 글"이었다.

램지어는 옳고 그름에 관심이 없던 식민사학자들을 닮았다. 자신의 입맛에 맞는 글만을 참조한 것에서부터 미리 결론을 정해놓고 논리를 몰아가는 것까지 닮았다. 아이러니는 그가 일본인이 아니라 일본 정부로부터 훈장(욱일중수장)을 받은 미국인이라는 사실이다. 그가 가진 가장 큰 문제는 도덕적 파산 상태의 일본 식민주의를 옹호하다가 피해 여성들의 고통에 대한 겸손함을 잃었다는 데 있다. 타자의 고통 앞에서 오만해질 권리는 누구에게도 없다.

●

애록의 버려진 아이들

　시를 읽는 것은 때로 불편한 진실과 마주하는 경험이다.
김혜순 시인의 「KAL」은 그러한 경험을 몰고 오는 시다.
흩어져 살아온 형제들의 이야기가 펼쳐진다. "아버지가 행
불자가 되고 / 엄마가 시집가자 / 큰딸은 부산에 / 아들은 프
랑스에 / 작은딸은 미국에 살았다." 그래서 삼중으로 통역해
줘야 의사소통이 가능한 세 형제의 슬픈 이야기. 원래는 넷
이지만 막내는 어디에 있는지 모른다. 공항에서 서로를 부
둥켜안은 세 형제의 품을 파고드는 것은 헤어질 때 한 살이
었던 막내의 부재다. "막내는 아직 찾지 못했다. / 공항에서
우선 세 형제가 부둥켜안았다." '우선'이라는 말이 환기하듯
그들의 포옹은 막내가 합류하기 전에는 미완성이다.

　그들이 그렇게 된 것은 부모 탓도 있지만 시인은 국가에
더 큰 책임을 지운다. "애록은 무엇 때문에 일곱 살인데 세
살인데 겨우 한 살인데 / 맨살 달팽이처럼 외국 땅에 가서 시
멘트 바닥을 기라고 했을까? / 시장 바닥에 얼어붙은 배추
이파리처럼 시퍼렇게 떨라고 했을까?" 애록은 Korea를 거

꾸로 읽은 것으로 한국을 의미한다. 세 아이를 외국으로 보낸 것이 본질적으로는 애록, 즉 한국 사회라는 말이다. 수많은 아이들을 해외로 보낸 애록은 "부끄러운 나라"다.

어른이 된 세 형제가 처음으로 만났다가 헤어졌다. 두 사람은 자신들의 나라로 돌아가고 큰딸만 뒤에 남았다. "비행기들이 동생들을 싣고 멀리 날아가자 / 혼자 남은 큰딸이 울었다." 시인은 그들이 떠나자 "애록의 위선이 공항 화장실의 휴지로 남았다"고 말하며 우리를 몰아친다. "외국으로 떠나는 아기들이 탄 비행기를 타본 적이 있는가. / 그 아기들의 울음소리를 들으며 휴가를 떠나본 적이 있는가." 해외로 입양된 아이들이 울고 있는 비행기 속으로 상상력을 동원해 들어가보라는 거다. 불편한 시다. 우리가 그 불편함을 기꺼이 감수해야 하는 것은 그 아이들을 비행기에 태워 외국에 보내는 데 우리 모두가 알게 모르게 공모했을지 모른다는 자의식 때문이다.

어머니의 슬픈 기도

　고등학교 졸업반 학생 두 명이 총을 들고 난동을 벌이고 있었다. 수 클리폴드는 난동을 벌이는 범인 중 하나가 자신의 아들이라는 말을 듣고 그가 스스로 목숨을 끊게 해달라고 기도했다. 다른 학생들을 더 해치기 전에, 그리고 경찰의 총에 맞아 죽기 전에 스스로 죽게 해달라는 기도였다. 실제로 아들은 그렇게 죽었다. 1999년 4월 미국 콜로라도주 컬럼바인 고등학교에서 있었던 총격사건으로 13명이 죽고 24명이 부상을 당했다.

　세상이 이야기하는 것과 다르게 그녀의 아들은 괴물이 아니었다. 끔찍한 짓을 저질렀지만, 괴물도 악마도 아니었다. 그는 사랑을 듬뿍 받고 자랐다. 부모는 자식이 잘되라고 매일 기도하고 나보다 남을 먼저 생각하라고 가르친 선하고 따뜻한 사람들이었다. 그런 부모가 키운 아들이 어떻게 그런 짓을 저지를 수 있는가. 원인은 뇌질환에 있었다. 자신의 생각을 통제하지 못하는 뇌질환. 누구에게나 찾아올 수 있는 무섭고 위험한 우울증과 자살충동. "슬프고 무서운 진실은 우리 혹은 우리가 사랑하는 사람들이 언제 문제를 일으킬지 알 수 없다는 것."

수 클리폴드는 죽은 사람들 대신 자신의 목숨을 내어줄 수 있다면 얼마나 좋았으랴 싶었다. 그녀의 책 『나는 가해자의 엄마입니다』는 자신의 아들 때문에 망가진 사람들과 그들의 가족에 대한 죄책감과 속죄의 기록이다. 또한 그것은 아들에 대한 사랑의 기록이다. 아무리 끔찍한 짓을 저질렀어도 아들은 여전히 아들이었다. 그녀는 그 일이 일어났을 때 아들이 스스로 죽게 해달라고 기도했던 것이 두고두고 후회스러웠다. 또한 어머니로서 자식의 "머릿속에 무슨 일이 벌어지고 있는지 몰랐던 것에 대해서, 속을 터놓을 수 있는 사람이 되어주지 못한 것에 대해서" 용서를 빌고 싶었다. 그녀가 자살예방 운동에 거의 강박적으로 매달리게 된 것은 그래서다. 정신건강에 문제가 있는 아이들을 어떻게든 도와 살리고 싶었다. 크게 보면 모두가 내 자식이니까.

●

그래도 고맙습니다

　사랑하는 사람에게서 받은 상처는 더 아프고 더 오래간다. 의사와 작가로서 성공적인 삶을 살았던 올리버 색스의 경우에는 그 상처가 평생을 갔다.

　그가 열여덟 살 때였다. 아버지가 그를 앉혀놓고 여자한테 관심이 없느냐, 혹시 남자를 좋아하는 게 아니냐고 물었다. 아들이 여자친구를 사귀는 것을 본 적이 없어서 그냥 물어본 것이다. "맞아요. 하지만 느낌일 뿐이에요. 저는 아무 짓도 안 했어요. 제발 엄마한테는 말하지 마세요." 충격적인 답변이었다.

　아버지는 아들의 말을 무시했다. 이튿날 아침 어머니가 무서운 얼굴로 말했다. "역겹다. 너는 태어나지 말았어야 해." 그녀는 며칠 동안 그에게 말을 하지 않았다. 그리고 그 일에 관해서는 이후로 언급하지 않았다. 영국의 1950년대는 동성애가 범죄이던 시대였다. 게다가 그녀는 정통파 유대교 교육을 받은 유대인이었다. 어머니의 말은 그에게 "종교가 얼마나 편협하고 잔인할 수 있는지를 깨닫게 해주었고” 동시에 그의 마음에 죄의식을 심었다. 그 말이 평생 그를 따라다녔다. 82세에 세상을 떠난 그가 75세까지 "일과 결혼해서" 독신으로 살았던 이유다.

해부학자이자 산부인과 의사이며 영국 최초의 여자 외과 의사 중 한 명이었던 어머니는 다른 면에서는 따뜻하고 자상한 사람이었다. 막내아들인 그는 어머니를 누구보다 사랑했다. 태어나지 말았어야 한다는 말을 들었어도 그 사랑은 변하지 않았다. 어머니가 세상을 떠났을 때는 세상이 무너지는 것 같았다. 그는 어머니가 아들에게 그런 말을 한 것을 속으로는 후회했을 거라고 생각했다.

그가 『온 더 무브—올리버 색스 자서전』에서 처음 밝히고 사후에 출간된 에세이 『고맙습니다』에서 반복한 이야기다. 얼마나 큰 트라우마였으면 암에 걸려 죽어가면서 쓴 마지막 글에서 그 이야기를 반복했을까. 그러나 마지막에 그를 찾아온 감정은 고마움이었다. 세상도 고맙고 환자들도 고맙고 친구들도 고맙고 독자들도 고맙고 어머니도…….

●

토끼 오줌

예술은 경험의 산물이라는 말이 있다. 예를 들어, 도스토옙스키의 위대한 소설들은 시베리아 유형이라는 경험의 산물이라는 논리다. 그러나 이것이 온당한 말일까. 한국이 낳은 위대한 작곡가 윤이상은 그러한 일반화가 얼마나 잔인할 수 있는지를 생생히 증언한다.

그는 납치되어 고문을 당한 경험이 그의 "예술을 더 넓은 차원으로 이끌었"다고 생각하지 않느냐는 질문을 받고, "예술은 그런 경험이 있든 없든 그것과는 독립된 것"이라고 말했다.* 질문자인 독일 소설가 루이제 린저 자신도 나치에 대한 저항활동으로 인해 옥에 갇힌 경험이 있었다. 그 경험은 그것이 없었다면 결코 알지 못했을 세상을 알게 해줌으로써 그의 소설을 풍요롭게 했다. 고통스럽지만 소중한 경험이었다. 그래서 윤이상에게 그런 질문을 한 것이다.

* 『윤이상, 상처 입은 용』, 윤이상·루이제 린저 지음, 윤이상평화재단 옮김, 알에이치코리아, 2017.

더욱이 윤이상은 옥중에서 《나비의 미망인》이라는 오페라를 작곡했고, 나중에는 첼로 협주곡까지 작곡했다. 린저의 입장에서 보면 지극히 상식적인 질문이었다.

그러나 윤이상은 그렇지 않다고 했다. 그는 예전에 한국인들이 민간요법으로 만들어 쓰던 토끼 오줌 약에 관한 비유를 들었다. 오줌을 받으려면 "토끼를 양철 뚜껑을 덮은 상자에 집어넣고 그 위에서 두드립니다. 그러면 토끼가 놀라서 오줌을 지립니다. 내가 음악을 뽑아내기 위해서 갇힌 토끼입니까?"

예상치 못했던 답변이었다. 린저는 죽음과 맞서는 첼로 협주곡은 그가 옥중에서 죽음과 대면한 경험이 아니었다면 쓸 수 없었을 거라고 맞받았다. 그러나 윤이상의 답변은 확고했다. "그렇다면 나는 다른 걸 썼겠지요." 그렇게 고통스러운 경험은 하지 않는 편이 좋으며 자신은 '토끼장 속의 토끼'가 아니라는 말이었다. 그의 말은 내면에 있는 상처가 내는 소리였다. 지금도 "심문받고, 고문받고, 감시당하는 무서운 꿈"을 꾸게 만드는 상처의 소리. 예술이 경험의 산물이라는 일반화가 누군가에게는 이렇듯 잔인한 말이 된다. 설령 그게 본질적으로 맞는 말이라 하더라도.

●

전쟁의 품위

전쟁은 인간의 민낯을 보여준다. 누군가는 더 비열해지고 누군가는 더 인간적이 된다. 방수포를 씌운 트럭에 타고 피난길에 오른 사람들이 있다. 그들이 검문소에 도착하자 젊은 러시아 군인이 다가온다. 그의 눈이 트럭에 탄 사람들을 훑어보다가 검은색 숄을 두른 젊은 기혼 여성에게 멎는다. 병사는 통역을 통해 그들을 통과시켜 주는 대가로 여자와 시간을 보내고 싶다고 말한다. 그러자 여자와 아무 상관이 없는 어떤 남자가 그 병사에게 창피한지도 모르냐고 묻는다. 전쟁에는 창피고 뭐고 없다는 대답이 돌아온다. 남자가 통역에게 말한다. "틀렸다고 하시오. 전쟁은 품위를 부정하는 게 아니라, 평화로울 때보다 더 그것을 필요로 한다고 전하시오." 군인은 화를 내며 전부 쏴죽이겠다고 한다. 그러자 남자가 "총알을 천 번 맞더라도 이런 상스러운 짓이 일어나게 놔둘 수는 없"다고 말한다.

그의 아들이 벌벌 떨며 러시아 병사가 진짜로 죽이려고 하니 남의 일에 끼어들지 말라고 말린다. 그는 아들의 손을 뿌리치며 통역을 향해 말한다. "저자에게 나를 한 방에 쏴서 죽이는 게 좋을 거라고 말해주시오. 그러지 않으면 내가 저 자식을 찢어죽이겠다고 하시오. 후레자식 같으니!"

누군들 목숨이 소중하지 않으랴. 그러나 그는 인간의 존엄을 위해 목숨을 걸려고 한다. 그의 입에서 나오는 말은 욕이 아니라 품격의 소리다. 다행히 러시아 장교가 다가와서 공포를 쏘며 러시아 병사를 제지하고 사과한다. 국가는 싸우라고 보냈지만 어린 병사들이 전장에 와서는 마약에 빠져 이런 짓을 한다고 사과한다. 품격에 품격으로 응수한 것이다.

아프간 전쟁을 배경으로 하는 할레드 호세이니의 소설 『연을 쫓는 아이』에 나오는 일화다. 전쟁은 인간의 비열함과 품격을 동시에 보여준다. 세상이 아무리 절망스럽고 암울해 보여도 그나마 살 만한 것은 주인공 아미르의 아버지가 보여주는 그러한 품격이 있어서다. 품격이 비열함을 이긴다. 당장은 아니더라도 결국에는.

●

하나의 세계가 줄어들다

짧은 글에 가슴이 뭉클해질 때가 있다. 『1984』와 『동물 농장』을 쓴 조지 오웰의 에세이 「교수형」이 그러하다. 생명의 의미를 성찰하는 이 심오한 에세이는 그가 1920년대 중반에 미얀마에서 식민지 경찰로 근무할 때 실제로 경험한 일을 기반으로 한다.

그날은 등이 구부정한 어떤 힌두교도의 교수형이 집행되는 날이었다. 착검이 된 총과 곤봉을 든 교도관들이 그를 교수대로 끌고 가고 있었다. 그런데 흐느적거리며 걷던 죄수가 교도관들이 어깨를 꼭 붙들고 있음에도 불구하고 살짝 몸을 틀었다. 길바닥에 고인 물을 피하기 위해서였다.

누구라도 할 수 있는 본능적인 행동이지만 오웰의 눈에는 그게 놀라웠다. 그때까지만 해도 그는 "건강하고 지각이 있는" 사람을 죽이는 것이 어떤 의미인지 깨닫지 못했다. 그런데 죄수가 길 위의 작은 웅덩이를 피하는 것을 보고 그것이 엄청난 일이라는 걸 깨달았다. 교수대로 향하는 순간에도 그의 눈은 자갈과 벽을 인식하고 그의 뇌는 기억하고 예측하고 판단했다. 우리가 그러하듯 그의 소화기관은 음식을 소화하고, 손톱은 자라나고, 세포조직이 만들어지고 있었다. "십 분의 일 초밖에 살 시간이 없을 때도 그의 손톱은 여전히 자랄 것이었다." 그는 "우리 중 하나"였다. 그가 죽으면 "하나의 정신이 줄어들고 하나의 세계가 줄어드는 것"이었다. 그런데 그가 죽자 사형을 집행한 사람들은 사이좋게 위스키를 나눠마셨다. 시신으로부터 100미터도 떨어지지 않은 곳에서.

생명에 대한 깊은 성찰을 담은 글이다. 장인목수를 대신해 나무를 깎는 일이 무모한 일이듯, 생명을 거두는 일은 인간의 일이 아니라는 노자의 『도덕경』의 가르침에 상응하는 성찰이랄까. 그런 일이 있었을 때 오웰은 이십대 초반의 나이였다. 또래의 친구들이 영국에서 대학을 다닐 때, 그는 미얀마에 가서 그런 체험을 했다. 그에게는 삶의 현장이 학교보다 더 학교였다. 그 학교에서 보고 듣고 느낀 것이 그를 속 깊은 작가로 만들었다.

매미의 마지막처럼*

　모든 생명은 죽음을 맞는 순간까지 삶에 집착한다. 그게 본능이다. 매미라고 예외가 아니다. 더 이상 날지도 못하고 나무에 매달리지도 못하는 매미는 배를 위로 향하고 땅바닥에 누워 날개를 젓는다. 하늘을 향해 배를 보이고 누웠다는 것은 죽음이 가까워졌다는 의미지만 매미의 허망한 날갯짓은 숨이 넘어갈 때까지 계속된다. 허망하면 어떤가, 집착이 생명의 본질인 것을.

　심보선 시인의 「좋은 일들」은 그러한 매미의 죽음에 관한 시다. "오늘 내가 한 일 중 좋은 일 하나는/매미 한 마리가 땅바닥에 배를 뒤집은 채/느리게 죽어가는 것을 지켜봐준 일." 시인은 매미가 서서히 죽어가는 모습을 지켜보면서 생명의 무상함을 느꼈던 모양이다. 그러나 울고 싶은 마음이 들었어도 울지는 않았다. "눈물을 흘리고 싶었지만 눈물

＊　이것은 나의 어머니가 마지막을 향해 가는 모습을 바라보며 쓴 아주 개인적인 글이다.

이 흐르진 않았다/그것 또한 좋은 일 중의 하나." 슬픈 감정을 절제했다는 말인데 왜 그것이 좋은 일일까. 영혼이 조용히 길을 떠날 수 있도록 하려는 배려였기 때문일까. 모를 일이다.

다소 과장되어 보이지만 매미의 죽음에 관한 시는 인간에 관한 알레고리로 다가온다. 인간도 때가 되면 지상에서의 삶을 마무리하려고 하늘 쪽으로 머리를 두르고 눕는다. 그리고 매미의 마지막처럼 본능적으로 생명을 이어가려 한다. 매미나 인간이나 마지막이 허망하긴 마찬가지다. 그 모습을 지켜보는 것은 시인의 말처럼 슬프지만 좋은 일, 아니, 당연한 일이다. 사랑하는 사람이 지금껏 살아온 삶에 경의를 표하고 작별인사를 하는 우리의 방식이니까. 매미의 날갯짓이 끝나듯 고통스러운 몸부림이 끝나면 우리는 프로이트의 말처럼 리비도, 즉 심리적 에너지를 통해 우리와 연결된 그와의 기억들을 하나하나 떠올리며 그를 애도하기 시작한다. 시인의 말처럼 슬퍼도 눈물이 흐르지 않아야 좋은 일일까. 모를 일이다. 애도의 방식은 저마다 다른 법이니까. 방식이야 어떻든 우리는 "애도한다. 따라서 존재한다." 자크 데리다의 말처럼.

따뜻함을 찾아서

초판 1쇄 펴냄   2023년 10월 27일

지은이   왕은철

펴낸곳   풍월당
출판등록   2017년 2월 28일 제2017-000089호
주소   [06018] 서울시 강남구 도산대로 53길 39, 4층
전화   02-512-1466
팩스   02-540-2208
홈페이지   www.pungwoldang.kr

편집   최정수
디자인   이솔이

ISBN 979-11-89346-45-4 03810